# 어떤 날 그녀들이

© 임경선, 2011

초판 1쇄 발행 2011년 6월 10일
초판 11쇄 발행 2016년 6월 15일

**지은이** 임경선
**펴낸이** 우찬규, 박해진
**펴낸곳** 도서출판 학고재

**주소** 서울시 마포구 양화로 85 동현빌딩 4층
**전화** 편집 02-745-1722 영업 070-7404-2810
**팩스** 02-3210-2775
**이메일** hakgojae@gmail.com
**홈페이지** www.hakgojae.com

ISBN 978-89-5625-152-3 (03810)

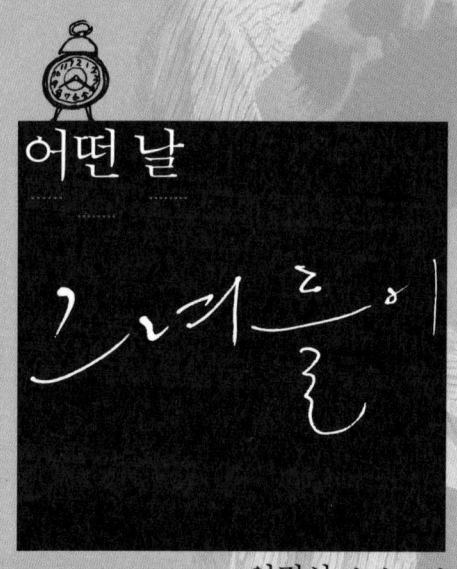

어떤 날

그녀들이

임경선 연애소설

학고재

차례

# 01

## 도쿄 만감
### 萬 感

한참 나이 어린 애인을 만나다 보니
케케묵은 일상에 새로운 공기가 돌았다.
뭐니 뭐니 해도 규칙적으로 할 수 있게 된 것이
가장 큰 변화라면 변화였다.
⋯⋯⋯⋯누군가에게 몸으로 사랑받는다는 거,
그게 좋았다.

누군가 내게 이십대로 돌아가고 싶으냐고 묻는다면? 난 숨도 쉬지 않고 대답할 거다.

"너나 어서 돌아가세요."

그 시절로 다시 돌아가느니 차라리 질끈 눈 감고 마흔 줄로 넘어가는 게 낫다. 내가 이렇게 비관적인 사람이 된 건 아무래도 첫 연애의 상처 탓이지 싶다. 첫 연애가 어떻게 끝맺음을 하느냐에 따라 향후의 연애 패턴이 크게 달라지니까.

오 년을 사귄 첫 남자친구는 취업 문제가 잘 안 풀리자 '잠시 생각 좀 해야겠다'는 문자 하나만 달랑 남기고 소식을 끊었다. 취업이 안 된다고 날 떠날 것까지는 없는데.

아무리 생각해도 그가 떠난 이유를 납득하기 어려웠다. 연애 고

수를 자처하는 남자 동창에게 그 이유를 물어봐도 아리송한 답변만 돌아올 뿐이었다.

"남녀 사이란 게 원래 그런 거란다."

하지만 '원래 그런 거'가 뭘 말하는지는 설명해주지 않아 나는 마음속에 상처를 입었다. 그 상처가 컸던지 취직할 생각은 않고 빈둥대다 도피성 대학원 진학을 했다. 그러나 목표도 성의도 없는 공부는 아무짝에도 쓸모없다는 것을 깨닫고는 여기저기 입사지원서를 디밀었다. 수십 아니 수백 통을 보내느라 기백만 원을 쓰고서야 가까스로 합격한 곳이 지금 다니는 스포츠 의류업체였다.

복장, 헤어스타일, 심지어 얼굴에까지 변화를 주면서 천신만고 끝에 사회인이 됐지만 내게는 여전히 달라지지 않은 게 하나 있었다. 이십대 남자―그 유치하고 경망스러운 것들!―를 만나고 있다는 사실이다.

지금 내 옆에 앉아 있는 잘생긴 남자애는 스물여섯 살이다. 그 또래 아이들의 식욕은 정말 성욕 못지않게 어마어마한데 줄지어 빙글빙글 돌아가는 초밥을 쫓느라 눈이 시뻘게져 있다. 우리는 도쿄의 번화가 시부야에서도 가장 복닥거리는 골목에 있는 유명한 '100엔 회전 초밥집'에 와 있다.

며칠 굶기라도 한 것처럼 내 연하남은 연신 초밥 접시를 골라 내려놓았다. 도미, 참치, 계란, 한치, 문어, 날치알……. 초밥의 나라에 왔으니 최대한 다양한 종류를 맛보겠다고 작정이라도 한 걸까. 볼이 미어터지게 쑤셔넣었다.

초밥 마니아는 아니어도 족히 일곱 접시는 너끈히 해치우는 나지만 입맛이 당기지 않았다. 젓가락으로 애꿎은 테이블만 소리나지 않게 톡톡 건드렸다. 참치 뱃살이 먹고 싶긴 했으나 팻말만 올려놓은 접시가 돌고 있어 따로 시키지 않았다.

서울에서 먹는 초밥이 백배는 더 맛있을 거라는 생각 때문일까. 엄청난 환율 차이를 생각해서 그럴까. 암튼 여행 와서까지 일일이 접시 색깔을 체크하며 조마조마한 기분으로 초밥을 먹고 싶지는 않았다. 그러거나 말거나 호준이 해치운 초밥은 값비싼 황금색 접시에 올려놓은 것들이었다.

"왜 이렇게 못 먹어? 먹어야 또 다니지."

호준이 이번에는 문어 초밥을 내려놓더니 하나를 내게 권했다. 그도 어지간히 배가 불러가는 모양이었다.


비행기에 오를 때부터 상황은 예상했던 대로 흘러갔다. 해외여행 경험이 없는 호준은 티케팅, 환전, 보안 검색을 하는 동안에도 허둥대기 일쑤였다. 기내식 서비스를 시작한다는 안내 방송이 나오자 호준은 처음 접하는 음식에 관심을 보였다. 기내식이라야 별 볼일 없는 뻔한 메뉴일 텐데 말이다. 날씬한 스튜어디스가 다가올 때만 해도 잔뜩 기대에 부풀어 있던 호준은 그녀가 커튼으로 비즈니스석과 이코노미석을 매정하게 갈라놓자 불쑥 한마디 했다.

"뭐야, 저거. 커튼은 왜 치는 거야? 사람 답답하게."

앞쪽 좌석을 배정받아 내릴 때 편하겠다고 좋아하던 호준은 코앞에서 차별당했다는 느낌에 기분이 상한 듯했다.

"서빙하는 음식이 확 차이 나니까 그러겠지."

"영미는 어떻게 그렇게 잘 알아? 비즈니스석도 타봤어?"

대답 대신 살라미 햄과 토마토, 오이와 마요네즈 소스를 넣은 차갑고 볼품없는 샌드위치를 그에게 건넸다.

"자긴 안 먹어?"

"어, 됐어. 너 먹어."

"아침 안 먹고 왔더니 난 너무 배고팠는데."


호준은 호텔에 들어설 때도 가벼운 소란을 일으켰다. 체크인 시간이 문제였다. 일본 호텔들은 오후 세 시로 정해놓은 체크인 시간을 철저히 지킨다는 사실을 호준은 모르고 있었다. 애초에 새벽 비행기로 도쿄에 도착한 게 잘못이었다.

호준은 한참 망설이더니 되지도 않는 영어로 프런트 직원에게 떠듬떠듬 말을 걸기 시작했다. 좀 일찍 방에 들어갈 수 없냐는, 이른

바 떼쓰기였다. 결과는? 완벽한 실패였다. 샌님처럼 생긴 호텔 직원은 호준이 알아듣지도 못하는 일본말로 계속 안 된다는 말만 반복했다. 이런 일이 매일 지겹게 벌어지는지 그 직원은 한 점의 동요도 보이지 않았다.

호준이 제 분에 못 이겨 식식대고 있었지만 난 멀찍이서 지켜보기만 했다. 일본으로 출발하기 전에 나는 호준에게 말했다.

"서울에 있을 땐 내가 다 했잖아. 이번엔 네가 알아서 해. 너한테 맞출게."

기계처럼 대꾸하는 호텔 직원에게 완패한 호준이 계면쩍은 듯 헛바닥을 내밀며 걸어오더니 내 옆에 풀썩 주저앉았다. 벨벳 격자무늬 소파가 출렁거렸다.

"아니, 지금은 성수기도 아니잖아. 빈 방 하나쯤은 있을 건데 빡빡하게 구네."

"호준아, 여긴 일본이잖아. 융통성 제로인 거 몰라?"

괜히 저가 여행 상품이니? 덧붙이려다 말았다.

"그럼 어떡하란 말이야? 지금부터 오후 세 시까지 어디서 뭐 하냐구. 이 짐은 또 어떡하고."

호준은 자신이 빡빡하게 짜온 일박삼일의 여정에 균열이 생기자 슬슬 열이 받는 눈치였다.

호텔 벨 데스크에 짐을 맡긴 우리는 신주쿠 역으로 방향을 잡았다. 구월 중순으로 접어들었는데도 도쿄의 날씨는 한여름처럼 덥고 습했다. 밖으로 나갔다 하면 땀이 비 오듯 흘렀다. 호준의 말을 들어주기로 했으니 묵묵히 따를 수밖에.

하지만 그의 결정은 또 한 번 빗나갔다. 출근 시간에 신주쿠 역은 무슨 연구를 할 게 아니라면 가지말아야 할 곳이었다. 거대한 개미집 같은 역사의 주변 도로와 지하도에서 출근하는 사람들이 꾸역꾸역 쏟아져 나왔다. 우리는 한동안 사람들에게 떠밀렸고 역사 안에 있는 쇼핑몰을 배회하다 지쳐 호텔로 돌아왔다.

정확히 오후 세 시에 호텔 방문을 열고 들어갔을 때도 작은 문제가 우리를, 아니 호준을 기다리고 있었다. 이럴 리가 없다는 표정으로 호준이 발끈했다.

"방이 왜 이렇게 좁은 거야? 이런 침대에서 어떻게 둘이 자라고. 방 잘못 준 거 아냐?"

"맞을 거야. 이게 얘네들이 말하는 세미 더블 침대야."

그를 달래는 투로 말했다.

"영미는 모르는 게 없네. 하여간 사진에서 본 거랑 너무 다르다."

"호텔 방 사진발을 넌 믿니? 인터넷 사진 중에 뽀샵한 게 좀 많아?"

그가 멋쩍어하면서 입을 닫았다.

"그래서 내가 일본 호텔 예약할 때는 트윈으로 하라고 했어, 안

했어?"

내 말에 호준은 딴청을 부리면서 곱게 각을 잡아놓은 매트 위로 몸을 던졌다.

"그래도 여행 와서 어떻게 따로 자."

그는 동정심을 자극하겠다는 듯이 불쌍한 표정을 지으며 나를 침대에 쓰러뜨리고는 내 가슴을 조몰락거렸다.

"돈 더 주고 큰 방으로 바꿔달라고 할까?"

잠자고 있던 동정심이 일어났는지 나는 호준의 머리카락을 쓰다듬으며 말했다.

"아냐, 됐어. 여기서 영미 꼭 껴안고 자면 되지, 뭐. 하루만 잘 건데 돈 더 쓸 거 없잖아……."

여행 경비를 전부 부담해야 하는 나를 위해 그가 해줄 수 있는 유일한 배려였다. 이번 여행은 명목상으로는 만난 지 이백 일 되는 것도 기념하고, 한 학기 후로 다가온 그의 졸업도 미리 축하하려고 온 것이었다. 하지만 내겐 이별 여행이었다. 사소한 일에도 잘 폭발하는 호준에게 대놓고 이별을 고했다간 내 신상에 이로울 게 없어서 내린 결정이었다.

나는 이번 여행 기간 동안 수치심을 최대한 자극해 호준 스스로 우리 관계를 정리하게 만들 작정이었다. 여행을 하는 동안에는 피차 도망갈 곳도 없으니 둘의 관계가 급속도로 악화될 수도 있을 거라고 생각했다.

"영미한테 미안하니까 그렇지……."

여행을 처음 제안했을 때 호준은 머뭇거리며 말했다. 경비 문제가 부담스러웠을 것이었다.

"괜찮아. 너 졸업 축하해주는 건데, 뭐. 대신에 어디로 갈지는 네가 알아봐."

해서 호준이 골라온 게 일박삼일 도쿄 올빼미 투어였다. 큰 경비 안 들이고 그의 자존심을 망가뜨리기에는 안성맞춤이었다. 실제로 여행을 떠나오기 전에 짰던 작전대로 일이 착착 진행되었다.


내가 철부지 호준에게 마음이 간 것은, 꼬이거나 얽힌 거 하나 없는 그의 단순함 때문이었다. 첫 남자친구한테 덴 후로 생각만 많고 행동하지 않는 남자는 딱 질색이다.

"제가 여섯 살이나 많은데 괜찮겠어요?"

호준의 접근을 막으려고 묻자 그가 꽤나 어른스러운 말투로 대답했다.

"좋아하는데 나이가 무슨 상관입니까."

하지만 여섯 살 연하에게서 구애를 받는 게 처음에는 어색하기만 했다. 내가 봐도 내 얼굴은 아무리 꾸며본들 거기서 거기였다. 이 나이 되도록 이렇다 할 경력도, 모아놓은 돈도 별로 없었다.

"난 가진 게 별로 없는데도요?"

기가 막혀서. 왜 이런 말이 튀어나왔는지 어이가 없었다.

"과장님은 자신을 몰라요. 너무 자신감이 없어. 대체 왜 그러나 몰라."

그의 목소리가 자못 진지했다. 그의 기분 좋은 힐난에 오래도록 굳어 있던 내 심장이 꿈틀대는 것 같았다. 오호라, 지루하기 짝이 없는 인생을 사는 늦깎이 직장 여성에게 그야말로 쌈박한 일이 생긴 것이었다.

"영미 씨가 받아준다면 나는 무조건 좋아요."

'받아준다면'이란 말이 참 근사하게 들렸다. 어쩜 이렇게 예쁜 말만 골라서 하니, 너는. 내가 곁을 허락하는 듯하자 그는 한 치의 주저도 없이 덤벼들었다. 내 호칭을 '과장님'에서 '영미 씨'로 바꿔버렸다. 그게 상황을 더 일사천리로 몰고 갔다.

나보다 한참 나이 어린 애인을 만나다 보니 케케묵은 일상에 새로운 공기가 돌았다. 뭐니 뭐니 해도 규칙적으로 성생활을 할 수 있게 된 것이 가장 큰 변화라면 변화였다.

밝힌다고 할지도 모르지만 호준과 연애를 할까 말까 고민했을 때 내 등을 떠민 것은 그와의 섹스였다. 누군가에게 몸으로 사랑받는다는 거, 그게 좋았다. 그는 틈만 나면 나를 가지려고 했고, 지쳐서 나가떨어질 때까지 오래오래 탐했다.

어디서 뭘 보고 들었는지 호준은 자기 매뉴얼을 갖고 있었다. 그 매뉴얼이 먹힌다 싶으면 순서대로 차근차근 과정을 밟아나갔다. 변화를 모르는 그의 단순함이 조금 식상할 때도 있었지만 나름의 성실함이라고 좋게 봐주기로 했다. 남자가 노력하는데 여자가 뭐라고 토 달면 안 되는 거다.

'내 남자 친구는 만나기만 하면 무조건 옷부터 벗기려고 해요. 그의 목적은 순전히 내 몸인가봐요.'

여자들이 자주 들락거리는 커뮤니티에 이런 투정이 올라오는데 뭘 몰라서 하는 소리다. 몸이 아니면, 그럼 뭐겠는가. 설마 영혼만 사랑해주기를 바라는 것은 아니겠지.

연하 애인을 만나면서 나는 지난 십여 년간 근처에도 가본 적 없는 대학가를 들락거리게 되었다. 눈과 입 주위의 주름을 해치우기 위해 비싼 고기능성 크림도 펴 발랐다. 내가 아닌 남에게 잘 보이기 위해 다시 스스로를 꾸미고 관리하는 느낌이 왠지 싫지 않았다.

하지만 호준과 오래 대화를 하다보면 가끔은 화제가 엇나가는 경우도 있었다. 특히 음악 애기가 나오면 그랬다. 그는 이름도 거의 알려지지 않은 홍대 앞 인디 밴드들에 열광했다. 그 밴드들의 이름은 하나같이 특이하고 생소했다. 우스꽝스러운 그 이름을 들을 때마다 웃음이 나왔는데 그럴 때면 그는 내가 자기를 무시하는 줄 알고 대들었다.

"얘네들, 나름 진지하게 음악 하는 거야."

호준은 짬이 나면 그 밴드들의 소규모 공연을 즐겨 찾아다녔다. 자기 같은 사람들이 더 많아져야 한국 음악이 발전한다나. 자신도 한때는 교내 밴드에서 활동했다고 했다. 그 서슬에 '너처럼 감수성 예민할 때 난 윤상이나 토이 음악 들었다'는 말은 입 밖에 내지 않았다.

때로는 호준을 골려주려고 짧은 치마를 입고 나대는 아이돌 그룹에 대해 묻기도 했다.

"호준아, 넌 여자 아이돌 그룹 중 누가 제일 맘에 드니?"

"아니 뭐, 아무 생각 없는데? 왜?"

"그냥. 넌 남자 가수를 더 좋아하는 것 같아서……."

"뭐야~. 이거 혹시 함정 질문?"

"아냐, 그런 거. 애나 어른이나 다 아이돌 좋아하는데 넌 안 그런 거 같아서. 근데 호준아, 너는 네 또래 여자애들이 좋지 않니? 아니 수정. 나보다 어린 애들 말이야."

그는 요즘 애들답게 모호한 대답을 직설적으로 뱉었다.

"글쎄, 별로."

"별로……라니?"

나는 그 이유를 반드시 듣고야 말겠다는 각오로 의자를 당겨 그에게 되물었다.

"어린 여자애들이랑 있으면 피곤하거든. 이벤트다 뭐다 다 챙겨줘야 하잖아……. 돈을 얼마나 쓰는가로 사랑을 확인하려고 하고. 그런데 영미랑 있으면 뭔가 안심이 된단 말이야."

"왜, 내가 아줌마처럼 푸근해서?"

"뭐야~? 영미 씨는 인간적으로 나보다 훨씬 성숙하잖아."

진지하고 투명한 눈빛으로 진실만을 말하는 이 남자애를 어찌 품지 않을 수 있는가 말이다.

그렇다고 늘 달콤한 감상에 빠져서 살 수만은 없었다. 연하를 사귀다 보면 '저걸 언제 키워 잡아먹나' 싶을 때가 종종 있었기 때문이다. 어느 날 출근해보니 호준이 아침부터 작은 회의실에서 혼자 앉아 반품된 물건을 정리하고 있었다. 흰 장갑을 끼고 흘러내리는 코를 쓰윽 문지르는 꼴을 보고 있자니 나까지 한심해지는 것 같았다.

가끔씩 거래업체 직원들이 신입사원을 데리고 들어와 인사를 시킬 때도 막막해지곤 했다. 한번은 Y 잡지사의 광고 담당 백 부장이 콩나물처럼 삐죽하고 마른 남자를 데려왔는데 그는 나와 눈도 못 마주친 채 상체를 구십 도로 구부리며 인사했다.

저렇게 후진 양복 한두 벌을 돌려 입어가면서 백여우 같은 노처녀 광고주를 상대로 쭈뼛쭈뼛 명함을 건네야 하는 가련한 청춘 같으니라구. 그 신입사원을 보고 있자니 당장 일 년 후 호준의 모습이 생각났다. 대학을 졸업하면 뭘 할 수 있을까? 어중간한 대학의 애매한 학과를 나온 남자를 어느 회사에서 받아줄까?

　호준의 배를 채워주고 나서 나는 회전 초밥집 부근에 있는 패션 몰로 그를 데리고 갔다. 지난번에 한번 와본 곳이었다. 지나치게 현란한 유니섹스 스타일과 걸리시 룩 스타일이 많아 별로 살 만한 게 없었다. 남자 옷이 여자 옷보다 더 다채롭고 예뻤다.

　호준은 옷차림에는 관심이 없는 편이었다. 주로 청바지에 티셔츠나 남방을 걸치고 다녔는데 오늘따라 이상하게 옷에 관심을 보였다. 호준의 얼굴과 몸매 정도면 사실 옷만 좀 챙겨 입어도 눈길을 끌 수 있을 것이다. 그런데 그는 옷차림에 신경 쓰는 걸 남자로서 수치라고 생각했다. 기특한 건지 별난 건지 알다가도 모를 고지식한 구석이 그에겐 있었다.

　옷에는 별 관심이 없는 호준이지만 시계는 무척 밝혔다. 요즘은 다들 휴대전화를 갖고 있어서 시계 같은 건 별로 필요도 없을 것 같은데, 하여튼 유별난 데가 있다니까. 그날도 시계 전문점 쇼윈도 앞에서 호준은 두 눈을 반짝이고 있었다. 내가 그에게 넌지시 미끼를 던졌다.

　"들어가보자. 여기 특이한 것 많네."

　"좀 비싸 보이긴 하다……."

　"그럼 안 사면 되지, 뭐. 구경도 못해?"

젊은 나이에 갖고 싶은 것을 못 갖는 게 얼마나 슬프고 고통스러운 일인가. 경험을 해봐서 그 심정을 나는 잘 안다.

가게 안으로 들어간 호준의 훤칠한 모습에 여자 점원이 반갑게 다가와 진열장으로 안내했다. 호준이 똘망똘망한 눈빛으로 진열장을 훑어보지만 표정은 밝아지지 않았다. 갖고 싶은 게 있는데 가질 수 없어서일 것이다.

그 모습을 보고 있자니 왜 늙은 아저씨들이 젊은 여자 앞에서 지갑을 여는지 이해가 됐다. 세상 물정 다 아는 아저씨들이 어린 여자애들의 여우 같은 행동에 넘어가 선물을 사주는 건 아니다. 갖고 싶은 물건을 이리저리 만져보다 형편이 안 돼 못 사서 시무룩해하는 모습을 보면 마음이 짠해지는 거다.

매장을 한참 둘러보고 나오는 그의 표정이 사뭇 어두워졌다.

"저 안에 있는 애들 봤어? 사내놈들 말이야. 완전 계집애처럼 입었더라. 그것도 세트로. 아아, 정말 쪽바리놈들 대박 웃겨."

호준이 괜히 쓸데없는 말로 제 속내를 감추려 했다. 나도 그 말에 동조하듯 따라 웃으면서 그가 물지 않을 수 없는 고깃덩이를 슬그머니 던져주었다.

"너, 아까 거기서 갖고 싶은 거 있었지?"

"어떻게 알았어?"

"그럴 거 같더라. 다시 가보자. 내가 사줄게."

호준은 무슨 그런 말을 하느냐는 듯 놀라는 척했다. 하지만 이내 풀이 죽은 표정으로 단호하게 말했다.

"아냐, 됐어."

어이구, 꼴에 염치는 있어 가지고. 그럴 거면 아예 욕심을 부리지 말든지. 그런 말이 목구멍 속에서 나오려고 했다.

"그러지 말고 가보자. 어차피 졸업 선물 하나 준비하려고 했거든. 마음에 드는 거 있으면 지금 사자. 나중에 후회하지 말고. 아니면 내 맘대로 막 고른다."

협박 같지도 않은 내 협박에 그가 할 수 없다는 듯이 표정을 바꿨다.

"그럼, 내가 점찍어놓은 거 한번 같이 봐주라."

참 쉬운 아이였다. 그는 금세 장난감 가게에 간 어린아이처럼 흥분해 내 팔을 잡아끌었다.

"영미야, 이 시계가 그거야. 어때? 멋지지 않니? 한국에서는 못 보던 거야. 나 알바해서 이 브랜드 걸로 사려고 했거든……."

눈치 없게 비싼 걸 고르면 어떻게 하지. 한순간 부담스럽긴 했지만 가격표를 뒤집어 보니 충분히 감당할 만한 수준이었다.

"이걸로 할까?"

"됐어~. 사달라고 그러는 거 아냐. 그리고 너무 비싸잖아. 그냥 이런 풍의 시계가 좋다는 거야. 참고해달라고, 히히."

그가 무안한지 과장되게 어깨를 들썩거렸다.

"괜찮아. 지금 사줄 수 있어."

"아냐, 정말이야. 사달라고 보여준 거 아니라니깐."

"신경 쓰지 마. 내가 하고 싶어서 그러는 거야. 대신 네가 잘해주면 되잖아."

호준은 안절부절못했다. 냉큼 수락하지도 거절하지도 못하는 그의 모습을 한편으로는 즐기면서, 한편으론 가여워하면서 점원을 불렀다.

"너한테 잘 어울릴 것 같은데. 한번 차봐."

친절한 점원이 호준의 팔목에 시계를 조심스레 채워주었다.

"정말…… 괜찮은 거야?"

그의 동공이 커지고 있었다.

"응, 그렇대두."

가라앉은 말투와는 달리 팔목을 돌려가며 시계를 감상하는 기쁨에 찬 그의 얼굴을 보고 있자니 나까지 행복해졌다. 정말이지 저 미소 한번 보려고 선물을 하게 되는 것이리라. 얼마 전까지만 해도 나는, 터무니없이 비싼 장난감과 사료를 애완동물에게 사주는 친구들에게 틈만 나면 쏘아붙였다.

"야, 개가 나중에 효도한대? 넌 개한테 쏟아붓는 돈이 아깝지도 않냐? 차라리 너 자신한테 투자하라고."

그러면 그녀들은 네가 뭘 안다고 그러니, 하는 표정으로 되받았다.

"얘네한테 보답 같은 거 바라고 이러겠니, 이 속물아. 그저 내 사랑을 받아주는 것만으로도 행복해. 그런 존재가 내 곁에 있다는 것만으로도 고맙다고."

이제는 그 말뜻을 어느 정도 이해할 수 있을 것 같았다.


올빼미 여행의 마지막 날이 되었다. 늦게 일어난 탓에 호텔 아침 뷔페 마감 시간이 임박해 있었다. 호준과 나는 서둘러 레스토랑으로 내려갔다. 아치형 계단을 따라 길게 늘어선 줄을 이리저리 새치기해가며 호준이 내 몫까지 두 접시 가득 음식을 담아왔다.

선물로 받은 시계와 어젯밤 격렬했던 그 일과 푸짐한 뷔페 식단…… 호준의 얼굴은 환희 일색이었다. 아직 다 말리지도 못한 머리칼을 매만지면서 호준의 들뜬 모습을 보고 있자니 서글프게도 그날의 기억이 떠올랐다.

삼 년 전 나와 함께 일본으로 여행 온 그 남자도 호준과 하는 짓이 비슷했다. 그땐 나도 해외여행이 처음이어서 그가 어설프게 행사하는 주도권의 희생자가 될 수밖에 없었다.

호준이 겪은 것과 비슷한 숱한 시행착오를 거치면서 나는 그때 많은 걸 배웠다. 일본 호텔의 체크인 시간이 에누리 없이 오후 세 시라는 점, 세미 더블 침대 크기가 실은 미국의 싱글 사이즈도 채 되지 않는다는 사실, 복도 자판기에서 카드를 사면 유료 성인 채널이 나온다는 것. 그때는 피차 서툴고 치기 어린 탓에 우리는 서로를 용서할 수 있었다.

이제 오늘 하루만 버티면 된다. 내일 월요일 아침이 밝아오면 일박삼일의 올빼미 여행은 끝나 있을 것이고 호준과 나는 각자 같은 회사로 출근할 것이다. 그리고 얼마 후면 우리의 관계는 끝나 있을 것이다.

다음 주에 나는 책상을 정리하려고 했다. 팀원이 쓸데없이 여섯 명이나 되는 우리 팀에서 누군가 나가줘야 하는 분위기라면 내가 총대를 멜 작정이었다. 호준과의 관계가 발각되어 허겁지겁 쫓겨나느니 내 발로 걸어 나가는 게 나을 것 같았다. 안 그래도 요즘 뒤에서 여직원들끼리 수군대는 걸 느끼고 있었다.

회사를 그만두면 전셋집도 옮길 생각이다. 천만 원 정도 싼 데로. 큰돈은 아니지만 호준을 만나면서 씀씀이가 커지긴 했다. 그렇다고 호준이 탓을 하는 건 아니다. 다 내가 좋아서 쓴 거니까. 회사 사람들에게 새 주소를 알릴 필요는 없을 것이다.

회사도 그만두고 집도 옮기고 전화번호도 바꾸면 호준은 어떻게 할까? 집요하게 날 찾아다닐까? 잠깐 심란하긴 하겠지? 차라리 잘됐다며 쾌재를 부르는 건 아닐까? 그리곤 나를 까맣게 잊겠지?

혼자 골똘히 생각 속에 빠져 있는데 호준이 말했다.

26

"영미야 뭐해? 빨리 체크아웃하고 한 군데 더 가봐야지."

"어, 그렇지. 올라가자."

밤 비행기의 출발 시간까지는 상당히 여유가 있었다. 우린 도쿄 시내를 돌아다니다 하네다 공항 근처의 오다이바 섬에서 남은 시간을 보내려고 모노레일 기차에 올라탔다. 바다 건너 섬으로 들어가는 코스여서 풍광이 정말 끝내주었다. 마침 노을이 벌겋게 하늘을 물들이고 있었다.

"영미야."

"응?"

"일루 와서 저기 노을 좀 봐. 야경도 정말 죽이겠다, 그치."

나는 말없이 호준의 옆자리로 건너가 그가 시키는 대로 머리를 어깨에 살포시 기댔다.

"이번 여행은 너무 짧고 고생스러웠지만 다음엔 내가 잘해줄게. 생각해봤는데 네 말대로 휴학 안 하고 바로 취직할까봐. 그래야 좋은 데 많이 데려가지. 그리고 우리 미래를 위해 차근차근 돈도 모을 거야."

"뭐라고?"

깜짝 놀라 내가 몸을 뺐다.

"왜 그렇게 놀라. 내 말이 무슨 말인지는 알지?"

"…… 무슨 말인데?"

"우리 예쁘게 계속 만나다가 결혼하자고. 영미 부모님께 곧 정식으로 인사도 드리고."

서른두 살에 듣는 생애 첫 프러포즈였다. 호준이 내 손을 잡고 쑥스럽게 손등에 키스했다. 그 순간을 기다리기라도 한 것처럼 오다이바 섬의 명물인 관람차에서 수백 개의 전구가 일제히 불을 밝혔다. 그 아름다움에 모노레일 안에 있던 승객들이 작은 탄성을 내질렀다.

"그러니까 조금만 더 기다려달라고."

호준의 의젓한 태도에 마음이 심란해졌다. 기차에서 내리자마자 나는 냉큼 담배 한 개비를 꺼내 물었다. 습한 공기 탓인지 담배의 타르가 더 텁텁하게 잇몸에 달라붙었다. 그때 호준이 내 머리통을 꽁꽁 치며 말했다.

"여보세요, 일본 여자들이 아무 데서나 막 담배 피운다고 따라하는 겁니까? 나중을 생각해서라도 지금부터 슬슬 끊는 연습을 하실까요."

이 근거 없는 자신감과 자의식은 도대체 어디에서 생기는 것일까. 프러포즈만 하면 영원히 자기 것이 되는 줄 아는 이 청춘의 무모함 말이다.

혹시 내가 이런 쫓비린내 나는 모습을 좋아하는 걸까. 그래, 오늘 하루가 다 갈 때까지 넓은 마음으로 이 모든 것을 즐기자. 열한 시간 앞으로 바짝 다가온 이별 앞에서 나는 또 한 번 흔들리고 있었다.

## 02

# 남자의 순정

어둑어둑한 조명에 비친 현아의 표정은 종잡을 수 없었다.
환희도, 슬픔도, 고통도, 환멸도, 체념도 보이지 않았다.
나는 고독한 게임을 혼자서 열심히 진행하다 풀썩 무너져내렸다.

예쁘고 똑똑한 데다가 착하기까지 한 여자. 현아는 그런 여자였다.

똑똑하다.
예쁘다.
착하다.

여자를 어떻게 그런 관점으로만 보냐, 이 마초 같은 인간아! 누군가 이렇게 욕을 해도 할 수 없다. 남자들은 여자를 이 세 가지 차원에서만 보니까.

똑똑하고 예쁜 여자라면 많은 것을 쟁취할 수 있다. 타고난 승자

되시겠다. 그런데 예쁘고 착하면 얘기가 달라진다. 남자들이 너도나도 보호해주려고 한다. 하지만 똑똑하고 착한 여자? 남자들이 내버려둔다. 내버려둬도 지들끼리 잘 산다.

헌데 예쁘고 똑똑한데 심지어 착하기까지 하면? 과부하가 걸려서일까? 뭔가가 뒤틀린다. 세 가지를 다 갖추면 이득이 아니라 손해를 본다는 얘기다. 세 요소들을 잘 관리하는 게 힘들어서 자신을 갉아먹게 되는 거다. 그 세 가지를 다 갖춘 현아 때문에 나의 대학 시절은 행복한 동시에 불행했다.

흐드러지게 핀 사월의 벚꽃을 본 적이 있는가? 맑고 순수한 기운이 눈부시게 피어나는 그 꽃 말이다. 그녀에게는 그런 기운이 풍겨났다. 갈색빛의 긴 생머리. 초승달처럼 길고 가는 눈썹. 유난히 까만 눈동자. 약간 터 있는 도톰한 산호색 입술. 그리고 가까이 다가간 사람만 볼 수 있는, 입술 위로 돋은 그 무수한 솜털까지…….

열아홉의 현아를 처음 보는 순간, 그 고요한 아름다움에 나는 넋을 잃었다. '바야흐로 새로운 생활이 시작되었다.' 현아를 처음 본 그날 밤, 나는 십여 년 만에 산 일기장에 그렇게 첫머리를 적었다. 현아는 진절머리 나는 삼수 생활 동안 내 몸에 밴 상처를 아물게 해줄 것 같았다. 대학 생활을 그녀와 함께 시작할 수 있다는 것 자체가 큰 기쁨이었다.

실력, 외모, 품성을 모두 갖춘 현아는 사회학과에 일곱 명밖에 안 되는 여학생들보다는 남학생들과 잘 다녔다. 수업을 같이 듣는 다른 과 학생들과도 자연스레 어울렸다. 우리 과 육인조 여학생들은 현아의 독주를 시샘했지만 자기들 능력으로는 어떻게 할 수 있는 일이 아니었다.

　현아는 한 놈과 유독 자주 붙어 다녔는데 그게 우리 과 남학생들의 분노를 샀다. 그놈은 내가 아는 기호란 놈이었는데 현아의 공식적인 남자친구라도 되는 양 남의 과 수업에 들어와서도 의기양양했다. 내 눈에는 현아가 머슴 하나를 데리고 다니는 것처럼 보였지만 말이다.

　현아는 새 학기가 시작될 때마다 파트너의 폭을 넓혀갔다. 멀리 이공계 남학생들에게까지 그 영역이 확대됐다. 얘가 짝 없는 남학생들을 위해 무슨 자선 활동이라도 하려는 건가, 싶을 때도 있었다.

　어떻게들 알았는지 두 살이나 어린 과 친구 성국이란 놈이 현아 때문에 속을 끓이는 나를 들쑤시곤 했다.

　"차라리 네가 어떻게 좀 해보지 그랬어."

　그랬어야 마땅했지만 실로 어처구니없는 일 때문에 나는 능동적인 구애자가 될 수 없었다. 하필이면 재수학원 동기인 기호가 우리 과 모임에 왔다가 "쟤, 완전 내 타입이다. 나 찜"이라고 말한 것이 그 계기였다.

정치외교학과에 다니던 그놈은 현아를 보고 첫눈에 찍었다. 그걸로 끝이었다. 참~나. 별로 친하지도 않은 놈에게 내 마음 속의 사랑을 양보하는 상황이 된 거다. 그때는 그게 친구 사이에 지켜야 할 개똥 같은 우정이라고 생각했다. 그렇게 순진했고 어리석을 때였다.

소도둑처럼 생긴 기호 자식은 현아랑 곧 친구가 돼 캠퍼스 여기저기를 붙어 다녔다. 그놈이 현아를 정말 좋아해서 사귀는 거라면 그렇게 억울하진 않았을 것이다. 기호, 그놈은 그저 괜찮은 여자애를 데리고 다니며 주목받고 싶어 하는 유형이었다. 학생운동도 주목받고 싶어서 하는 놈이었다.

그걸 아는지 모르는지 그놈과 붙어 다니는 현아를 보면서 나는 실망 섞인 연민을 느꼈다. 다른 한편으론 사랑 앞에서 적극적이지 못한 내 자신에게 환멸을 갖게 됐다. 결국엔 더 이상 현아를 좋아하지 않기로 마음먹기까지 했다.

하지만 내 다짐과 달리 그 녀석과 현아가 만날 때 나는 종종 꼽사리를 끼어야 했다. 내 진심을 모르는 현아는, 과에서 '웃긴 놈'으로 통하는 나를 불러 둘만의 어색함과 지루함을 해소하려고 했다. 나는 현아에게 그저 우스갯소리나 잘하는 인간으로 비쳤던 것이다. 어린 과 동기들과 잘 어울리려고 설쳐댄 결과였다. 기호는 내키지 않았겠지만 현아가 그것을 원했던가 보다.

하루는 셋이서 구내식당에서 떡볶이를 먹는데 기호가 잠깐 자리를 비운 사이에 현아가 조심스레 물었다.

"나 궁금한 게 하나 있는데…… 혹시 내가 오빠라고 안 불러서 기분 나쁜 건 아니지?"

"아니. 그냥 편한 대로 불러."

"정말 괜찮은 거지? 나도 이름 부르는 게 친한 거 같아서 좋은데 어떤 때는 오빠라고 부르고 싶거든. 그렇다고 다른 남자 선배한테 오빠라고 부를 수는 없잖아. 괜히 오해할 것 같고 좀 징그럽더라고."

"그럼 오빠라고 불러. 우리 둘이 있을 때는."

내가 그 웃긴 놈 특유의 제스처로 말하자 현아가 푸하하 웃으며 말했다.

"그래, 형준아, 아니 형준 오빠! 너 보고 있으면 그냥 웃음이 나와서 좋아."

"왜, 기호랑 있으면 재미없니? 기호가 너한테 잘해주잖아."

"그렇긴 한데, 기호는 뭔가에 한번 몰두하면 다른 걸 잘 생각하지 못해."

"원래 남자들이 그렇게 단순한 거야."

"하지만 너 같은 사람도 있잖아. 넌 재미있으면서도 은근히 내 생각 많이 해주잖아."

나를 만나면 안심도 되고 마음이 좀 푸근해진다는 말을 듣고 보니 현아가 기호와 다른 남자들 사이에서 서서히 지쳐가고 있다는 느낌을 받았다.

"내가? 그럼 들킨 거네."

농담처럼 은근히 내 마음을 전했지만 현아는 눈치 채지 못하는 것 같았다.

현아의 마음을 우연히 확인하게 된 것은 가을 학기 과 엠티에서 였다. 술에 떡이 된 남녀 학생들이 배구장만 한 방에서 나뒹구는 술 병과 뒤섞여 잠을 자게 됐다. 새벽 네 시쯤이나 되었을까. 현아가 내 옆에서 자게 되었다. 엄밀히 말하면 그녀가 내 곁에 와서 누웠다. 독 한 몇 놈들만 방 한가운데에서 몇 개 남은 새우깡을 안주 삼아 소 주를 마시고 있을 때였다. 그 자리에 있었던 현아가 취할 만큼 취했 는지 벌떡 일어나 하필 내 옆으로 와서 누웠다.

굳이 하필이라고 한 것은, 내 옆의 공간이 그녀가 눕기에는 턱없 이 비좁았기 때문이다. 그런데도 현아는 술기운을 빌려 시체처럼 널 부러져 있는 애들을 풀쩍 뛰어넘더니 폭이 삼십 센티미터도 안 되 는 공간에 몸을 비비고 들어왔다. 나를 전적으로 믿고 있다는 증거 였다.

"에이~ 뭐야~ 송현아~."

그녀가 자리를 뜨자 함께하던 놈들이 혀 꼬인 소리를 했다. 현아 가 빠져버린 술자리는 시들시들 흥이 삭아들었다. 옆에 누운 현아 는 얼마 지나지 않아 얇고 리드미컬하게 코를 골았다. 호흡을 정기적으로 하느라 몸이 흔들렸고 그 진동이 내 몸에까지 느껴져 마음이 뒤숭숭했다. 나는 방구석에 쌓아놓은 담요를 하나 가져와 그 비좁은 공간을 파고든 뒤 그녀의 몸에 덮어주었다.

잠깐 잠이 들었던 것 같다. 내 발치에서 엉겨서 자던 성국이와 나영이가 부스럭부스럭 소리를 내는 바람에 퍼뜩 정신이 돌아왔다. 성국이와 나영이는 아까도 둘이서 조용히 술을 사러 가더니 그 외출의 흥분을 다 가라앉히지 못한 모양이었다. 서로의 몸을 탐색하는 게 분명했다.

내가 미쳤던 것일까. 그들의 조용한 소란을 틈타 이불 속에서 현아의 팔에 손을 대어보았다. 아무 반응이 없었다. 떨리는 손으로 현아의 머리카락을 부드럽게 쓰다듬었다. 미동도 없이 평온한 자세 그대로였다. 어디서 그런 용기가 생겼는지 그녀의 오뚝하고 기름진 콧날과 도톰한 입술에 얼굴을 가까이 댔다. 술 냄새와 담배 냄새가 뒤섞인 호흡이 훅 끼쳐왔다. 독하게 달콤한 단내가 내 신경을 어지럽혔다.

나는 대담하게도 담요 아래로 손을 집어넣어 현아의 가슴 밑에 살포시 대어보았다. 그녀는 눈을 질끈 감고 가만히 있었다. 규칙적인 호흡만이 느껴졌다. 그 후로 내 손이 현아의 몸 어디까지 탐험했는지는 잘 기억나지 않는다.

현아는 그날 이후 겨울방학이 올 때까지 캠퍼스 안에서 나를 피해 다녔다. 기호와도 더 이상 붙어 다니질 않았다. 그렇게 그해 겨울은 유난히도 길게 흘러갔다.

새 학기가 되면 현아를 만나 정중히 사과하려고 했다. 현아에게 남자로서 자신 있게 다가갈 요량이었다. 몇 달 만에 강의실에서 만난 현아의 머리는 짧아져 있었다. 등허리까지 찰랑대던 생머리를 싹둑 자른 것이다.

"송현아, 쟤 완전 실연당했다는데? 충격 먹어서 머리를 잘랐대. 머리 긴 게 훨씬 예쁜데."

우리 과 조교인 대학원생 형이 수강 신청을 하러 간 동기들에게 현아 얘기를 하고 있었다. 트레이드 마크 같았던 긴 머리를 잘랐으면 꽤 충격을 받은 걸 텐데. 기호 다음에 현아에게 다가간 남자가 더 있었나? 대체 어떤 놈한테 그렇게 되었을까. 버림받은 것은 현아인데 괜히 내 자존심이 상했다.

남자 동기 놈들은 대학에서 첫해 동안 저마다 흥분과 좌절감을 맛보았는지 이학년이 되자마자 삼분의 일 정도가 군소리 없이 입대해버렸다. 다행인지 불행인지 그 바람에 현아를 향한 남학생들의 관심도 시들해졌다. 나 역시 속앓이를 하면서 남은 대학 생활을 망치느니 입대하는 게 낫다고 판단했다. 그게 다 현아 때문이었다.

나는 입대하기 전에 현아를 따로 꼭 한 번 만나고 싶었다. 서먹서

먹해진 관계를 복구하고 싶었고 그녀를 향한 내 마음을 스스로 정리하고 싶기도 했다. 그녀는 순순히 학교 후문 쪽에 있는 클래식 음악 카페에 나타났다. '네가 안 나와도 기다리다 갈게'라고 적은 쪽지가 절박해 보였는지도 모르겠다.

그즈음 현아는 방송국 취업 스터디 모임에서 만난 늙은 영문과 복학생과 다니고 있었다. 교양과목 수업 시간에 종종 봤던 그놈은 강의실 중앙에 앉아 수업 분위기를 좌지우지하려 했다. 장가를 세 번도 더 갔다 왔을 것 같은 그놈 옆에서 현아가 안정돼 보였다는 건 인정하지 않을 수 없었다. 머리는 짧아진 대신 치마는 길어져 있었다.

"어, 왔어? 오랜만."

현아는 조금 긴장된 표정으로 들어왔다. 어느새 쇼트커트였던 머리는 단발머리가 되어 귀밑 아래서 찰랑이고 있었다. 그녀가 브람스의 협주곡을 들으며 홍차를 마셨다. 컵에 묻은 자두색 립스틱 자국을 슬쩍 지우는 모습에 공연히 내 가슴이 일렁였다.

남자가 여자에게 단둘이 보자는 건 어떤 형식으로든 결말을 보려고 할 때다. 나는 쉼표를 찍든 마침표를 찍든 그녀에 대한 내 감정을 정리할 필요를 느꼈다. 그러려면 그녀가 물. 리. 적. 으. 로. 내 앞에 앉아 있어야 할 것 같았다. 그것을 의식했는지는 모르지만 아무튼 현아는 그 자리에 나왔다. 누군가에게 '노'라고 말하는 것을 태생적으로 힘들어했던 현아로선 부담스러운 자리였을 것이다.

나는 한참을 아무 말도 못하고 미적댔다. 무슨 말을 해야 할지 생각나지 않았다. 엠티 때 내가 저질렀던 행동에 대해 그녀가 먼저 뭐라고 나무라기라도 했으면 좋으련만. 어쭙잖게 나는 군대 얘기를 하다가 복학 후의 계획—아마도 그녀에게, 아니 그 어떤 여자에게도 전혀 흥미를 유발시키기 힘든—따위를 이야기했던 것 같다.

현아는 담담하게 내 말을 들었다. 기계적으로 맞장구를 쳐주는 그 익숙한 말투와 몸짓에 가슴이 먹먹해졌다. 현아는 군대에 가기 전에 이런저런 고백을 하는 놈들에게 이미 여러 번 시달린 터였다. 난 그저 그런 찌질한 남자애들 중 하나에 불과했던 것이다.

그녀가 벽시계를 보며 말했다.

"너, 나한테 하고 싶은 말 있었던 거 아냐?"

"아냐, 그냥 마지막으로 네 얼굴 좀 보고 싶어서."

뭐야, 현아는 수줍게 웃으며 고개를 끄덕였다.

"아, 그건 있다."

"응, 뭐?"

"나 처음엔 너 좀 안 좋아했어. 너무 튄다고 생각했거든."

"어…… 그래?"

난감한 표정으로 현아가 바짝 마른 제 윗입술을 혀로 적셨다.

"네 사고방식이 좀 이해가 안 됐었거든."

"구체적으로 뭐가 그랬는데?"

현아는 여전히 미소를 짓고 있었지만 눈매는 서늘해지고 있었다. 그것이 내 불안한 감정을 자극했다.

"넌 그저 껍데기뿐인 애라고 생각했어."

내 말이 어느새 거칠어져 있었다. 아, 이러려고 현아를 보자고 한 게 아닌데. 내가 뱉은 말에 내가 놀라 반대편 벽에 걸려 있는 모네의 그림으로 시선을 돌렸다.

"껍데기?"

"뭐랄까, 귀여운 꼭두각시. 연예인 하나 보는 느낌이랄까."

"……."

어색함을 감추지 못한 현아는 홍차 잔만 들었다 놨다 했다. 어두워진 그녀의 표정을 보면서 나는 이상한 쾌감과 자책감에 휘말렸다. 떠나는 마당에 현아에게 좋은 말과 인상을 남기고 싶었는데. 알량한 자존심 때문에 유치한 인신공격밖에 하지 못하다니. 그렇게 난 스스로 치졸한 놈이 되고 있었다.

"한때 그랬다고. 그런데 지금은 아니야. 너도 네 나름의 세계가 있겠지, 뭐."

수습할 수 없는 말 뒤에 나온 그 말 역시 현아를 위로해주지는 못했을 것이다. 그러면서 유치하게도 아무도 이런 얘기를 현아에게 해준 남자는 없었을 거야, 하는 생각이 나를 위로했다. 현아가 내게 준 혼란의 반의 반이라도 돌려주고 싶었는지 모를 일이었다. 그녀에

대한 이런 미움이 다 사랑에서 비롯되었다는 것을 그녀는 몰랐을
것이다.

　제대를 하자 나는 늙은 복학생이 되어 있었다. 현아를 가로챘던
눈엣가시 같던 영문과의 늙은 오리지널 복학생은 방송국 피디가 되
어 있었다. 그리고 현아의 머리는 다시 어깨 밑 브래지어 라인까지
길어져 있었다. 굵은 퍼머 머리는 물결치듯 얼굴을 덮고 있었다. 갈
색 아이섀도와 분홍빛 립스틱만 바른 얼굴은 신입생 때처럼 앳되어
보였다.
　현아가 저 멀리서 먼저 나를 알아보고는 손을 흔들었다. 그게 그
렇게 반가웠다. 성큼성큼 걸어오는 현아는 여전히 눈부셨다. 화사한
모란 같은 숙녀의 모습이었다. 먼 길을 돌고 돌아 제 자리를 찾은 여
자가 돼 있었다. 이제 더 이상 웃기는 오락부장이 아니라 의젓하게
굴어야 하는 복학생의 눈에는 그렇게 보였다.
　하루도 빠짐없이 머릿속에 떠올랐던 현아를 막상 보게 되자 의외
로 덤덤했다. 무심한 세월에 애틋한 마음도 희미해진 것일까. 이런
상황이라면 그녀를 그대로 잃어도 괜찮을 것 같았다. 어쩌면 괜찮은
조건의 과 후배 정인이 죽자 살자 내게 목을 매고 있어서였는지도
몰랐다. 강남의 좋은 집안에서 부족함 없이 자란 정인은 구김살 없
고 매사에 자신만만한 아이였다. 현아와 가끔씩 커피 마시는 걸 본

정인이 한번은 내 팔뚝을 잡아끌며 물었다.

"현아 선배, 오빠랑 동기지? 예쁘긴 한데 좀 특이하다면서요? 오빠랑도 친했지?"

정인이 은근히 경계하는 눈초리로 말했다. 이 아이는 유달리 후각이 예민했다.

"아니, 별루."

나는 더 이상의 말은 하지 않았다. 쓸데없는 소리 하지 말라는 뜻으로 정인의 어깨를 세게 끌어당겼을 뿐이다.


군대에 다녀오지 않은 과 동기들의 졸업을 축하하는 모임이 열렸다. 모처럼 현아를 가까이에서 볼 수 있는 자리였다. 기가 세고 자존심이 강한 정인이 예민하게 굴어서 현아와의 만남이 뜸해지던 때였다.

현아는 방송국 취업 준비 때문인지 예전보다 더 수척해져 있었다. 세상에 거칠 것 하나 없는 스무 살 시절의 화사한 후광은 더 이상 흔적조차 찾을 수 없었다. 술잔이 몇 차례 돌고 난 뒤 현아에게 다가갔다. 급하게 마셔서 술기운이 올라왔는지 말이 통제되지 않았다.

"나 사실은 학교 다니는 내내 너 좋아했다. 아니, 아니 군대에 있을 때도."

참으로 오랫동안 내 속에서 들끓었던 사랑의 밀어가 이리도 부적절한 자리에서 튀어나오고 말았다. 옆에 있던 동기들은 다들 제각각 떠드느라 내가 현아에게 무슨 말을 하는지 전혀 눈치 채지 못했다. 현아도 적잖이 취했는지 내 말에 크게 동요하지 않았다. 그때 몇몇 남자 동기들이 현아 옆으로 밀려와서 건배를 제의했고 옆자리로 밀려난 나는 좀 멋쩍어서 화장실에 다녀왔다. 그사이 현아는 집에 갔는지 자리에 없었다.

이튿날 열두 시가 다 돼서야 나는 지끈지끈한 머리로 현아에게 전화를 걸었다. 현아가 졸업을 하면 진짜 보고 싶어도 못 본다. 더이상 도망갈 곳도, 핑계 댈 곳도 없다. 마지막이 될지도 모를 기회를 어제처럼 날리고 싶진 않았다.

"나 실은 너 좋아한다니까."

과거형이 아니라 현재진행형으로 바꿔서 말했다. 수화기 너머에서 침 삼키는 소리가 들렸다.

"……."

"물론 너는 뜬금없겠지만 일단 말은 해야 할 것 같아서. 너무 늦은 거니?"

"형준아, 너…… 정인이랑 만나고 있잖아."

"응."

무슨 대답을 그렇게 하느냐는 듯이 현아는 깊은 한숨을 내쉰 후 조금 뜸을 들였다.

"그래서…… 어떻게 하고 싶어?"

신경질이 살짝 묻어 있는 칼칼한 목소리였다.

"그냥 내 솔직한 마음을 이제야 말하는 거야. 다른 뜻은 없어. 진짜로."

나는 또 뒷걸음질을 치고 있었다.

"…… 내가 어떻게 해야 하느냐고?"

현아가 다시 내 대답을 채근했다. 다시 한 번 나를 벼랑으로 밀었다. 왠지 마지막으로 기회를 주겠다는 말로 들렸다.

"아니, 뭐, 내가 뭘 바란다는 건 아니고……."

현아가 도중에 내 말을 끊고 들어왔다.

"너…… 나랑 자고 싶은 거니?"

나는 그 어떤 말도 다시 할 수가 없었다.


중심가에서 조금 벗어난 데 있는 무궁화 네 개짜리 호텔은 고급스러워 보이려고 안간힘을 쓰는 곳이었다. 현아는 그날 "호텔 예약할 수 있어?" 하고 다짜고짜 물었고 내가 우물쭈물하자 그 호텔을 지목했다. 모텔 같은 곳은 싫고 특급 호텔은 부담될 것 같아 고른 대안이었을까. 나는 현아가 불편할 것 같아 바로 호텔 방에서 만나야 한다고 생각했다. 하지만 현아는 별 거리낌 없이 호텔 로비에서 만나자고 했다. 회전문을 지나 로비 안으로 들어서는 현아를 보고 내가 손을 들어 맞이했다. 그러는 내가 생뚱맞아 보였다.

우리가 얻은 방은 더블 침대에 작은 티 테이블과 일인용 소파가 두 개 있는 크지도 작지도 않은 공간이었다. 현아는 코트부터 벗더니 옷장에 넣었다. 현아는 옷장 밑에 놓인 흰색 슬리퍼를 신고는 방 안의 램프가 제대로 작동하는지 스위치를 눌러보았다. 화장실에 들어가서는 세면용품을 건드리는 것 같았다. 마치 보디가드가 안전 점검을 하는 듯한 현아의 행동이 내 눈에는 이 어색한 상황을 무마하려는 모습처럼 보였다. 나는 소파에 엉거주춤 앉아서 시설 점검을 끝낸 현아가 냉장고를 열어보는 광경을 낯설게 쳐다보았다.

"맥주…… 마실래?"

"아니, 난 물 좀 마시려구."

현아는 뒤돌아보지 않은 채 싱긋 웃으며 말했다.

"담배나 같이 피울까?"

"그러자."

어색한 침묵이 지나가고 현아가 불을 꺼달라고 조용히 말했다. 나는 처음부터 마지막까지 오로지 그녀가 원하는 대로 모든 것을 다해주기로 마음먹고 있었다.

"콘돔 하기 싫으면…… 안 해도 돼."

뜻밖의 말이었다. 남자라면 고마워해야 하는 말일지 모르지만 아무렇지도 않다는 듯이 그런 말을 하는 현아가 나는 미워서 견딜 수가 없었다. 그녀에게서 이런 배려를 기대한 건 아니었다. 남자를 착잡하게 만드는 배려에 나는 서글퍼졌다. 대체 어떤 남자들이 그녀를 이렇게 자비롭게 만들어버린 것일까.

착잡한 심정을 억누른 채 나는 정인이가 크리스마스 선물로 준 더플코트 주머니에서 그것을 꺼내 비닐을 찢었다. 그동안 얼마나 이 순간을 혼자 상상해왔던가. 땀에 젖은 긴 머리를 뒤로 젖히는 현아, 내 다리 사이를 더듬는 현아, 엉덩이를 보이며 부끄러워하는 현아, 내 위에서 망아지처럼 요동치는 현아.

상상 속의 현아는 늘 뜨겁게 달아올랐다. 그러나 지금 내 밑에 누워 있는 그녀는 차갑고 납작한 돌덩이 같았다. 이럴 거면 왜 만나자고 한 거지 싶었다. 그렇지 않고 현아가 내 움직임에 맞추어 엉덩이를 힘차게 흔들었다면 좋았을까. 그건 또 그렇지 않았을 것이다. 나는, 남자는 그런 족속들이다.

현아는 내가 하는 대로 자기 몸을 방치했다. 어둑어둑한 조명에 비친 현아의 표정은 종잡을 수 없었다. 환희도, 슬픔도, 고통도, 환멸도, 체념도 보이지 않았다. 나는 고독한 게임을 혼자서 열심히 진행하다 풀썩 무너져내렸다.

한동안 우리는 말없이 몸을 포개고 있었다. 어두컴컴한 실내엔 자동차 소음과 우리의 가느다란 숨소리만 돌아다녔다. 침대맡 갓등이 켜지고 현아가 희미하게 미소를 지었다. 나도 똑같이 의미를 알 수 없는 미소로 화답했다.


　졸업 후 서울에서 줄곧 살았지만 기나긴 세월 동안 한 번도 소식을 못 들은 친구가 많았다. 가끔 언론사에 들어간 몇몇 녀석들만 신문 지면이나 뉴스를 통해 볼 수 있을 뿐이었고 다른 동창들의 소식은 하나둘 끊어졌다. 건물을 짓는다고 회비를 내라는 동문 회보가 두어 달에 한 번씩 동창들의 근황을 알려왔지만 승승장구하는 자들의 자축 메시지만 수두룩했다.

　현아의 졸업 후 행로도 미궁이었다. 여러 가지 설이 근거 없이 난무할 따름이었다. 미군 남자랑 결혼해 캘리포니아에서 산다는 얘기가 루머의 시발점이었다. 외국 항공사에 스튜어디스로 취직해 홍콩에서 산다는 얘기도 들렸고 준재벌 집에 시집가서 청담동 며느리로 조용히 산다는 소리도 들렸다. 얼마나 생고생을 했는지 얼굴이 팍삭 삭았다는 누군가의 전언도 있었다.

　"현아도 나올 거니까 이번에는 꼭 나와 인마."

　오랜만에 송년회를 겸한 동문회에 참석하라고 채근하는 전화가 성국에게서 걸려왔다. 자동차 세일즈를 하는 성국이 놈은 또 현아를 미끼로 썼다. 예나 지금이나 음흉한 놈이다. 그놈은 나와 현아의 비밀스런 관계를 잘 아는 것처럼 내 속을 건드렸다.

　"야, 그런데 정인이는 아냐?"

"뭘?"

정인은 내가 회계사 시험에 합격한 이듬해에 내 아내가 되었다.

"뭐긴 뭐야. 이 구렁이 같은 자식아. 감히 내 앞에서 시치미를 뗄 거야?"

"미친 놈."

왁자지껄한 분위기가 한 시간쯤 이어질 무렵이었다. 현아가 뒤늦게 모습을 나타내자 한식당 전체가 잠시 술렁거렸다. 졸업 후 다들 처음 보는 현아의 모습이었다. 먼저 와 있던 여자 동기 두 명은 모처럼만의 그 소요가 불편한 듯했다. 그 적대감은 이내 '어멋……' 하는 호기심으로 변해 있었다. 현아가 자리에 앉자 모임의 총무인 성국이 현아를 소개했다.

"자, 여러분, 우리의 영원한 마돈나, 송현아 양이 이제야 도착했습니다. 열화와 같은 박수! 야, 송현아, 우린 돌아가면서 한마디씩 했으니까 너도 한마디 해라."

현아는 자주 들고 다닌 것 같지 않은, 유행이 지난 명품 가방을 내려놓더니 쏟아지는 시선이 어색한 듯 자꾸 귀밑머리를 쓸어 올렸다. 긴장했을 때 보이던 그 손동작은 이십 년 전 그대로였다. 하지만 귀밑의 볼은 부풀어 있었고 처져 있었다.

한 번쯤 사귀어보고 싶어 했던 현아의 변한 모습을 남자 동창들은 복잡한 표정으로 바라보면서 그녀가 입을 열기를 기다렸다. 두툼하게 립스틱을 바른 저 입술에서 과거의 아우라가 되살아나기를 기대하는 것 같았다.

현아는 두 사내아이의 평범한 엄마로 살고 있다는 자신의 근황을 소개했다. 방송국 시험을 준비하다가 잘 안돼서 항공사 사무직으로 몇 년을 다니다 같은 회사에서 지금의 남편을 만났다고 했다. 지나가는 주부 세 명 중 한 명을 붙잡고 물어봐도 들을 수 있는 흔하디흔한 이야기였다.

"다들 얼굴 보니 너무 반갑고 좋네요. 엊그제까지 함께 학교 다녔던 것 같아요. 난…… 하나도 달라진 게 없는 것 같은데. 아, 근데 내가 왜 존댓말을 쓰고 있지?"

동조하는 듯한 어색한 웃음소리가 여기저기서 들렸다. 현아는 둔탁한 몸짓으로 끄응, 하며 자리에 앉았다. 아무 일 없었다는 듯이 동창들은 다시 술잔과 안주에 손을 뻗었다. 재산 상태를 우회적으로 과시하고, 휴대전화를 꺼내 배우자와 아이들 사진을 보여주고, 걸지도 않을 전화번호를 서로 교환했다. 아무도 나라를, 이념을, 미래를, 꿈을, 사랑을, 낭만을 얘기하진 않았다. 다들 무의미한 술을 원샷으로 마시며 팍팍한 대화를 이어갔다.

"야, 양형준. 너 요즘 돈을 갈퀴로 쓸어 모은다면서?"

영악하게도 성국이 놈이 이차에서 돈을 내라는 신호를 보냈다.

"누가 그래? 돈 못 벌어, 짜샤."

아마도 이차 술값은 벤처 회사를 운영하는 기완이, 변호사가 된 준성이, 아니면 내가 내게 될 것이다.

현아는 이차로 옮긴 호프집까지 따라왔다. 나는 가장 먼 곳에 앉아 있는 그녀를 티나지 않게 줄곧 응시했다. 현아는 생맥주를 겨우 반 잔 마셨을 뿐인데도 귀까지 새빨개져 많이 웃고 많이 떠들었다. 현아가 이따금 내 쪽을 보았지만 그럴 때마다 현아의 시선을 피했다.

삼십 분쯤 지나자 현아가 가방에서 주섬주섬 휴대전화를 꺼내 문자메시지를 체크하더니 귀가 준비를 서둘렀다. 에이라인 울 코트를 걸치고는 옆자리의 친구들에게만 가겠다는 손짓을 했다. 그 모습을 포착한 성국이 대학생 때의 짓궂은 말투로 야유를 퍼부었다.

"얘들아, 송현아가 우리를 버리고 가버린댄다. 송현아, 너 온 지 얼마나 됐다고 벌써 가냐."

그 장단에 남자들이 일제히 그녀의 귀가를 말렸다. 어린아이들처럼 현아를 향해 "더 있어! 더 있어!" 합창을 하자 현아가 어색한 미소를 지었다. 그 짧은 순간 나는 너무나 눈부셨던 스무 살 시절의 현아를 보았다. 동기들의 만류가 잠시 이어졌지만 현아는 어색함을 무릅쓰고 복도를 가로질러 호프집의 가죽문을 열었다. 그녀를 배웅하는 인간은 하나 없었다.

마음 같아선 당장 뛰어나가 그녀를 붙잡아보고 싶었다. 그런데 어쩐된 일인지 내 엉덩이는 나무의자에 붙어 꼼짝하지 않았다. 현아를 배웅하기는커녕 인사조차 건네지 못했다. 아마도 오늘 이후로 현아를 동문회에서 볼 일은 없을 것이다. 아니 다시는 볼 수 없을지 모른다. 나는 진정으로 현아를 잃었다는 느낌에 갑자기 우울해졌다.

"야, 인마. 뭘 그렇게 멍 때리고 있어? 자자 술이나 마셔!"

쉰이 다 되어도 천박한 말씨는 여전했다. 내 입에 노가리를 쑤셔 넣으며 성국이 또 '위하여!'를 제창했다. 잘 씹던 노가리의 비린내가 갑자기 역해졌다. 나는 화장실 쪽 복도로 걸어가며 전화를 걸었다.

"여보세요?"

"어, 나. 그쪽으로 간다."

"아, 지금 오시려구요?"

지영은 약간 개방적이고 약간 섹시하고 약간 대화가 통하는 스물 일곱 살의 로펌 비서였다. 로펌 회사 하나를 통째로 맡게 되면서 알 게 된 아가씨인데 간혹 유용한 내부 정보를 빼돌려 주는 기특한 파트너였다.

"왜, 싫어?"

"아뇨, 근데 저…… 어쩌면 곧 생리 시작할지도 모르는데……."

"상관없어."

"에이, 왜 또 화내고 그러세요……. 그런데 무슨 일 있었어요? 갑자기 왜……."

지영이 말랑말랑한 가성으로 어르듯 대답했다.

"그건 됐고. 먹고 싶은 거 있으면 말해. 사 갈게."

"와, 그럼……. 음……."

수화기 너머로 치킨인지 초밥인지 케이크인지 혼자 중얼중얼대는 소리를 들으며 나는 불현듯 그런 생각이 들었다. 아마도 지영이가 마음에 든 것은,

똑똑하지도

예쁘지도

착하지도

않기 때문이라고.

03

# 플라스틱 러브

남자와 여자가 우연히 만나고
그것을 운명이라 여겨 사랑에 빠지고
시간이 지나면서 서로 오해하고
시간이 더 지나면서 서로에게 신물이 나고,
이윽고 서로를 매도하고 조롱하다가 헤어지는 것,
애초에 그것이 연애라고 생각했으니까.

사랑에 빠지는 순간이 정말 존재하는 것일까? 클라이언트 앞에서 광고 전략을 설명하는 자리였다. 현주는 그의 손을 보고 사랑에 빠졌다. 남자 손이 저토록 아름다울 수도 있구나. 뼈마디가 신경질적으로 도드라진 그의 손은 우윳빛처럼 하얬다. 젓가락 같은 손가락에선 지휘자의 손에서 풍기는 우아함 같은 게 느껴졌다. 그가 가냘픈 열 손가락을 힘껏 펼치며 뭔가를 강조할 때면 이 남자의 욕구가 무엇이든, 어떻게든 충족시켜줘야겠다는 의무감이 몸속 깊은 곳에서 생겨났다.

프레젠테이션 슬라이드가 멈추자 불이 켜졌다. 화장품 회사의 여성 광고주들은 얼굴이 발그스레하게 상기되어 있었다. 오랫동안 남자의 손길에 몸을 맡긴 듯한 표정들이었다.

"자, 이것으로 제 설명은 마치겠습니다. 다들 바쁜 분들이시니까 질의 응답으로 넘어가겠습니다. 질문 있으시면 말씀해주십시오."

차분하고 허스키한 그의 목소리가 회의실을 다시 한 번 장악했다. 석훈은 환하지만 헤퍼 보이지는 않는 미소를 띠며 상체를 좌우로 움직여 자연스레 질문을 유도했다. 그게 '나, 너무 멋지지 않니? 어서 내게 말을 걸어보라고' 하는 것 같았다.

기획3팀의 최석훈 부장은 프레젠테이션 실력에 관한 한 사내에서 '전설'로 통하는 인물이다. 특히 화장품 회사나 의류 회사처럼 광고주가 주로 여자일 때는 '얼굴 마담'으로 그를 투입하는 게 불문율이다. 솔직히 광고 콘셉트와 독창성이 다르면 얼마나 다르겠는가. 그렇다면 광고주, 그것도 여성 광고주의 마음을 녹여줄 남자를 투입하자는 게 회사의 판단이었다.

아닌 게 아니라 석훈은 텔레비전 드라마에서나 나올 법한 광고대행사 엘리트 사원 스타일의 남자였다. 그에게선 그 업종의 남자들이 갖고 있는 세련미가 줄줄 흘러넘쳤다. 같은 양복을 입어도 몸에 꼭 맞게 입으면서 대수롭지 않게 걸쳤다는 인상을 주었다. 명품 브랜드조차 티 나지 않게 최대한 삭혀서 입었다. 게다가 일도 잘하고, 술도 잘 먹고, 놀기도 잘 놀았다. 매력적이고 잘난 남자를 회삿돈으로 종 부리듯 하고 싶은 여성 광고주의 심사를 충족시켜주기에는 그만이었다.

그런 고급 호스트 같은 광고대행사 남자들을 현주는 내심 경멸했다. 실력과 노력보다 광고주에게 빌붙어 살아가는 동료들에게는 신물이 나 있었다. 인간관계가 중요한 업계 생리상 어쩔 수 없는 면이 있긴 하지만 인간으로든, 광고 전문가로든 품위를 손상시키는 일은 하고 싶지 않았다.

최석훈 부장이 팀장으로 있는 태스크포스 팀에 발령이 났을 때 현주는 탐탁치 않았다. 대형 화장품 광고주를 영입하기 위해 만든 그 팀에 발탁된다는 것은 능력을 인정받는 일이긴 했다. 하지만 최 부장같이 속을 알 수 없는 느물느물한 날라리 타입은 딱 질색이었다. 여자들을 언제든 사로잡을 수 있다는 오만함을 고지식한 현주로선 감당해낼 수도 감당하고 싶지도 않았다.

최 부장의 프레젠테이션이 끝나고 이 주가 흘렀지만 광고주 쪽에서는 아무런 연락도 오지 않았다. 그는 아무 일 없었다는 듯이 다음 사냥감을 물색했다. 그의 그런 태연함과 무심함이 괜히 꼴 보기 싫었다.

그의 저력은 뒤늦게 드러나기 시작했다. 프레젠테이션을 참관했던 여성 마케팅 매니저들이 석훈의 광고 전략을 밀었고 결국 경쟁사를 따돌린 것이다. 회사는 물론 최석훈 개인적으로도 대단한 승리였다. 그래도 석훈은 물이 위에서 아래로 흐르는 것처럼 당연한 결과가 나왔다는 듯이 시큰둥했다. 그러는 게 더 미웠다. 좋다고 하면 어디가 덧나. 그런데 참 이상하지. 미운데, 미워 죽겠는데 점점 마음에 들었다.

현주가 석훈에 대해 상반된 감정을 갖게 된 것은 그런 남자들이 자신에게는 아무런 관심을 보여주지 않는다는 소외감, 패배감 같은 것 때문이었다.

"넌, 어떻게 여자가 돼서 그렇게 귀염성이 없냐?"

남자들은 늘 이렇게 말했다. 연애라고 할 수도 없을 만큼 잠깐 만난 녀석들마저 그랬다. '귀엽지 않다'는 말을 듣기 전에는 '까칠하다'는 말을 듣던 현주였다. 그 말에는 그다지 기분이 나쁘진 않았다. 물러 터져 질질 끌려다니는 스타일보다는 나으니까.

현주는 자신의 의지로 인생을 통제하고 싶었다. 막연히 희망이 있을 거란 환상을 갖고 끊임없이 고통 속에서 사는 '희망고문' 따위 하지 않겠다고 작정했다. 마음이 동하지 않는 남자와는 커피 한잔도 마시지 않았다. 비싼 밥 얻어먹고 괜히 미안해하느니 내 돈으로 사먹고 마는 게 좋았다.

현주는 여중, 여고, 여대를 씩씩하게 다녔다. 귀엽다는 소리를 들어본 적 없이. 얼굴에 각이 지고 또래들보다 키가 커서 그러려니 했다. 최고의 여자 대학, 최고의 인기학과 신입생인데도 단체 미팅 때 은연중 제외돼 기분이 상했다. 하지만 '기가 세 보인다'는 말을 들었을 때는 속으로 상처를 입었다. 그런 기억이 현주의 마음속에 어둡고 습한 방을 만들어버렸다.

그 방에서 견딜 수 없어 현주는 책 속으로 들어갔다. 책 속에 존재하는 남자들은 현실의 남자와 달랐다. 그들은 나쁜 놈일수록 더 매력적이었고 결코 위험하지 않았다. 현주의 외모를 평가하지도 현주를 배신하지도 않았다. 그렇게 책 속에서 이십대를 보냈다.

책 속에 길이 있다는 말은 옳았다. 대학을 졸업하자마자 덜컥 광고대행사에 합격했다. 꽃처럼 나비처럼 청춘을 즐기던 애들은 여전히 취업 전선에서 허덕이는데. 스물다섯 살이 된 지금 현주는 제법 시크한 도시 여자로 재평가되고 있었고 자신도 그것을 어느 정도는 즐기고 있었다.

하지만 빛나는 남자들 앞에만 서면 어둡고 습한 방의 그 아이가 되살아났다. 혼자 겉돌고 위축돼 있던, 귀염성 없는 아이 말이다. 그럴 때마다 현주는 풀이 죽었다. 적어도 석훈이 '귀엽다'라는 말 한마디를 던져주기 전까지는.


광고 대행권 획득을 자축하는 회식 자리가 열렸다. 단연 석훈은 그 자리의 주인공이었다. 술잔을 들고 여기저기 돌아다니며 분위기를 휘어잡았다. 술을 마셔 얼굴이 더 하얘진 석훈이 뒤늦게 현주의 빈 잔에 술을 가득 채우며 귓가에 대고 속삭였다.

"너 참 귀여운 구석이 있더라."

"⋯⋯."

광고주 앞에서는 간이라도 빼줄 것처럼 상냥한 석훈이었지만 부하 직원에게는 칼 같은 남자였다. 자의식으로 똘똘 뭉쳐 있는 현주에게는 더 차갑게 대했다. 자존심을 허물어뜨리지 않고는 이 바닥에서 살아남기 힘들다는 걸 직접 가르쳐주겠다는 듯이 사사건건 트집을 잡았다.

"어떻게 네 기획서에는 가슴을 울리는 게 하나도 없냐? 도대체 무슨 생각을 하면서 사는 거냐고?"

그러던 사람이 '참 귀엽다'고. 남자에겐 단 한 번도 들어보지 못했던 말을 꼴 보기 싫은 상사에게서 듣게 되다니. 현주는 정말이지 그 자리에 주저앉아 울고 싶었다. 아무리 노력해도 해소되지 않던 콤플렉스를 원수 같은 남자가 풀어주는 상황이 당혹스럽기만 했다. 그러면서도 그동안의 설움이 꼭 내 탓만은 아닐지 모른다는 안도감과 자신감에 기뻤다.

화장실로 살짝 빠져나온 현주는 세면대 거울을 보면서 처음으로 자신의 얼굴이 꽤 괜찮다고 생각했다. 하얗고 갸름한 얼굴, 찰랑거리는 생머리, 아담한 몸매를 가진 여자들이 더 이상 부러울 것 같지 않았다.

"여의도요, 여의도."

검은색 모범택시가 스르륵 우리 앞에 멈춰섰다. 누가 먼저랄 것도 없이 석훈과 현주는 자연스럽게 택시 안으로 구겨져 들어갔다. 석훈을 따라 옆자리에 탄 현주는 자신의 행동에 놀라고 있었다. 술기운 탓이라지만 평소의 그녀로서는 도저히 있을 수 없는 행동이었다. 그래설까, 이차를 마치고 흩어지던 팀원들도 두 사람이 함께 택시에 타는 걸 이상하게 보는 것 같지는 않았다. 뭘 어쩌려고 이러는 거지. 에이 모르겠다. 상황이 이끄는 대로 그냥 가자. 그동안 몰랐던 어른들의 진짜 세계에 발을 내디딘 것 같았다.

"너, 오늘 무슨 일 있었니?"

그제야 석훈이 왜 따라왔느냐는 투로 까칠하게 말했다. 택시 기사가 거울을 보며 저팔계 같은 귀를 쫑긋 세우는 듯했다. 현주는 아무 대답도 하지 않고 석훈의 어깨에 머리를 기댔다. 넓지는 않았지만 단단한 어깨였다. 베이지 색 트렌치코트에선 우드 계열 향이 풍겼다. 한 걸음 더 나아갔다. 그 향수 냄새를 맡아보려고 현주는 그의 가슴팍에 얼굴을 묻었다.

"너, 일만 아는 줄 알았는데 겁도 없구나."

그가 현주의 머리를 조용히 그리고 부드럽게 쓰다듬었다. 현주는 갑자기 얼굴이 화끈거려 시선을 창밖으로 돌렸다. 저 멀리 63빌딩에서 빨간 불빛이 깜빡깜빡거렸다. 이 섬에 들어오면 위험해요. 위험

신호라도 보내는 것 같았다. 그 섬은 그래서 그와 더욱 어울렸다.

석훈이 큼지막한 티셔츠 한 장을 건넸다.

"이걸로 갈아입어. 그 옷은 불편할 거야. 그리고 새 칫솔은 안방 화장실 벽장에 있어."

오래 사귄 애인에게 하듯 친절하다.

"너는 안방에서 자라. 난 거실 소파에서 자면 되니까. 그리고 내일은 지각해도 뭐랄 사람 없으니까 조금 늦게 나가자구."

그가 깔끔하게 상황을 정리했다. 현주는 말 잘 듣는 소녀처럼 그가 시키는 대로 안방으로 들어갔다. 서류 가방을 내려놓고 진회색 팬츠와 흰색 셔츠를 벗었다. 클라이언트 행사에 참석하느라 모르몬 교도처럼 입었던 옷을 빨리 벗어던지고 싶었다. 석훈이 건네준, 미시간 대학 로고가 그려진 티는 간신히 엉덩이를 가렸다. 티셔츠에서 향긋한 포프리 향이 났다. 왜 하의는 안 주었을까.

현주는 갑작스런 침묵 속에서 침대 모서리에 걸터앉아 창밖을 보며 지금의 상황을 생각했다. 택시 안에서의 상황대로라면 그는 분명히 삼사 분 후쯤 뭐 필요한 거 없니, 옷에서 냄새는 나지 않니, 같은 대수롭지 않은 일을 핑계로 들어와 나를 안을 것이다. 영화에서는 늘 그것이 남자의 도리인 것처럼 그려졌으니까. 그렇다면 지금 이 순간은 여자에게 준비할 시간을 주는 것? 아무리 늦어도 십 분은 안 걸리겠지.

현주는 그사이 잠이 들어서는 안 된다고 생각했다. 깜빡 잠들었다가 그의 손길에 깨기라도 한다면 큰일이다. 술 냄새와 마늘 냄새가 뒤섞인 입내를 맡고 기분 좋을 사람은 없다. 그런 생각을 하면서도 잠이 쏟아졌다. 잘 먹지도 못하는 술 때문이다. 정신을 놓지 않으려 안간힘을 썼다.

그렇게 얼마간 뒤척였던 것 같다. 갑자기 머리가 지끈지끈해 시계를 보니 집에 들어온 지 세 시간이 지나 있었다. 깜박 잠이 들었던 모양이다. 그럼 방문은 끝내 열리지 않은 건가. 현주는 아쉬움과 섭섭함과 안도감이 뒤섞인 한숨을 길게 내쉬었다.

짙푸른 새벽빛이 커튼 사이로 스며들기 시작했다. 현주는 일인용 소파에 벗어두었던 옷으로 다시 갈아입고 가방을 챙겨 거실로 나왔다. 문소리가 나지 않게 조심했다. 소리를 내지 않으려고 까치발로 거실을 가로질러 현관으로 향했다.

그는 이불을 덮는 둥 마는 둥 어린아이처럼 곤하게 자고 있었다. 자고 있을 때 왜 나이가 더 들어 보이는 걸까. 가죽 소파에 엎드린 얼굴이 제 무게에 눌려 주름이 자글자글했다. 머리카락은 한쪽으로 쏠려 붙어 새치가 군데군데 드러났다.

그사이 짙푸른 대기는 햇빛에 밀리고 있는지 주황색과 뒤섞이고 있었다. 간밤의 일이 꿈속에서 벌어진 일처럼 아득하게 느껴졌다. 그는 어린 여자애가 술 먹고 겁도 없이 호기를 부렸다고 생각했을지 모른다. 되바라진 여자애가 하룻밤 상대를 원했다고 생각했을 수도 있다. 어쨌거나 이 남자라면 적어도 언제 그런 일이 있었냐는 듯이 모든 걸 덮어줄 수 있을 거다. 생각이 여기까지 미치자 고마운 마음이 들었다. 지켜줘서. 보살펴줘서. 최 부장은 겉으로 보이는 이미지와 달리 인간적으로 꽤 괜찮은 남자일지도 모른다. 그런 생각을 하면서 검정 힐을 신으려는 순간이었다.

"야, 김현주!"

심장이 얼어붙는 것만 같았다. 석훈이 눈을 부스스 뜨면서 큰 소리로 현주를 불러세웠다.

"너라는 애, 정말 제멋대로구나."

"네?"

"지금 이 시간에 어딜 가려고?"

"……."

"어서 이리 오란 말이야."

그가 성큼성큼 다가와 현주의 팔을 부여잡았다. 현주가 쭈뼛쭈뼛 끌려가자 그가 먼저 소파로 부드럽게 쓰러지며 그녀를 자기 몸 위에 포갰다. 그러고는 얼음 칼처럼 차갑고 가느다란 열 개의 손가락으로 현주의 머리를 부여잡고는 깊숙이 입을 맞췄다. 두툼하고 미끌미끌한 혀가 몸속 저 끝까지 밀고 들어올 것만 같은 느낌에 현주는 맥

68

이 풀렸다.

　당장 그날 아침부터 현주는 혼란에 빠졌다. 석훈이 조금 전 새벽
녘의 일을 어떻게 생각하고 있을지 알 수 없었다. 하룻밤의 해프닝?
혹은 태스크포스 팀 해산의 피날레 이벤트? 그건 그렇고 석훈을 어
떻게 대해야 하지. 아무 일 없었다는 듯이 평소의 모습으로 돌아가
야 하는 건가. 퇴근 후의 연인이 되겠지. 아니면 멀리 보고 지금부터
라도 줄다리기를 해야 하나.

　석훈이 어떤 신호도 아무런 행동도 보여주지 않아 현주는 답답하
기만 했다. 그런 상황을 참기 힘들다고 먼저 나서서 뭐라고 할 수도
없는 노릇이었다.

　그렇게 며칠이 지났다. 뜨뜻미지근한 공기 때문에 잠이 오지 않는
밤이었다. 현주는 속이 쓰려올 만큼 그가 보고 싶어 무작정 그의 집
으로 달려가 미친 듯이 문을 두드려댔다. 결국 감정이 터진 것이다.
생리를 바로 앞둔 때여서 그랬는지도 몰랐다. 여자들의 불투명한 운
명을 갈라놓는 게 호르몬이라는데 이럴 때 하는 말인가.

　석훈이 자다 말고 놀란 모습으로 나왔다. 이 밤중에 누구냐는 듯
현관문을 사납게 열었다. 두려움에 가득 찬 표정으로 고개를 떨군
현주를 보고는 석훈은 당황했다. 한 손은 허리에, 또 한 손은 이마
위에 갖다 대고 있었다. 그 잠깐 동안의 침묵에 현주는 더더욱 고개

를 들 수 없었다. 당장 그 자리에서 도망치고 싶었다.

석훈이 가련하다는 듯이 기다란 팔과 하얀 손으로 현주를 끌어 안았다. 그러고는 거칠게 키스를 퍼붓기 시작했다. 숨이 막힐 때쯤 이었다.

"넌, 너만 힘들다고 생각했지? 그렇지?"

그렇게 말하면서 석훈의 싸늘한 손가락이 현주의 바지 속을 비집고 들어가 거침없이 헤집어댔다. 그 차가운 감촉에 현주의 입에서는 저절로 나지막한 탄성이 흘러나왔다.

그날 이후 두 사람은 혼자 사는 연인들이 그렇듯이 각자의 집을 오가며 시간을 보냈다. 사람들 앞에 편하게 드러내놓고 다닐 수 있는 관계가 아니었기 때문이다. 집에서도 충분히 영화를 보고 음악을 듣고 와인을 마시고 섹스를 할 수 있어서 그나마 다행이었다. 가끔 흥이 날 때면 석훈은 어쿠스틱 기타를 직접 연주하며 노래를 부르기도 했다. 생소한 모습이었지만 그래서 더 사랑스러웠다.

석훈은 현주를 자기 집에 놔두고 혼자 외출하기도 했다.

"나 잠깐 나갔다 와야 하니까 넌 그냥 디브이디 보면서 놀고 있어. 오래 안 걸리니까."

처음 그 말을 들었을 때 현주는 기분이 묘해졌다. 그의 아내가 된 느낌이었다. 물론 석훈이 현주에게 집 열쇠를 따로 만들어주거나 맡기지는 않았지만.

현주는 석훈이 찾아올 때면 음식을 만들어 내왔다. 그런데 기대와는 다르게 석훈은 그것을 썩 좋아하지 않았다.

"만들기 번거로우니까 다음엔 나가서 먹자."

음식을 맛있게 먹으면서도 왜 그렇게 얘기하는지 현주는 이해할 수 없었다. 하지만 굳이 그가 싫어하는 것은, 그게 정확히 뭔지는 몰라도 하지 않기로 했다. 너무 많은 것을 캐묻지 않을 것, 그것이 석훈과 만나면서 지켜야 할 원칙이었다.

서로의 집을 오간 지 한 달쯤 된 후부터 두 사람은 석훈의 집에서만 만나기로 했다. 그게 석훈의 뜻이었다. 잠자리를 바꾸면 숙면을 못 취한다고 했다. 뭐, 억지로 끌고 올 필요는 없잖아. 현주도 그게 편했다. 석훈의 집은 현주네보다 훨씬 넓었고 훌륭한 홈 시어터 시스템과 깔끔한 주방을 갖추고 있었다.

하지만 석훈의 집에서 마음 한구석이 허전할 때가 없었던 것은 아니다. 섹스가 끝난 뒤 등을 돌리고 자는 석훈의 서늘한 뒷모습을 볼 때가 특히 그랬다.

침대에 오를 때마다 석훈이 따로 꺼내놓는 손님용 베개에도 예민해졌다. 몇 명의 여자들이 머리를 올려놨을까. 그들이 돌아간 다음 베개 커버를 벗겨서 탈탈 털고는 세탁기에 돌렸을 그의 모습이 상상 속에서 보이기도 했다.

두 사람의 비밀스런 관계는 별 탈 없이 이어졌다. 둘 다 일에 치여

자주 보지는 못했지만 그래도 현주는 자신이 충분히 행복하다고 생각했다. 사랑에 빠지는 순간을 지나 사랑을 확인하는 순간들을 기억할 수 있는 한, 현주는 늘 뜨거운 몸의 온도를 유지할 수 있었다.

월요일 아침 아홉 시마다 열리는 주간 팀장 회의는 예상대로 분위기가 좋지 않았다. 팀장들이 중역들과 대회의실에 모여 광고주 동향과 광고 수주 목표액을 보고하는 자리였다. 현주는 태스크포스 팀이 해체된 뒤 재배치된 기획1팀의 팀장을 대신해 회의에 참석하고 있었다. 늘 그렇듯 회의에서는 비관적인 예측만 난무했다. 회의를 주관하는 김 상무는 팀장들의 책임 회피와 소극성을 비난했다. 그 서슬에 기획 팀과 제작 팀은 서로 책임을 전가했다.

무거운 분위기 탓에 시선을 어디에 두어야 할지 몰라 어색해하던 현주는 대각선 방향에 있는 석훈을 쳐다봤다. 그는 현주의 시선을 느끼면서도 애써 피하는 눈치였다. 그가 묵묵히 내려다보는 회의실 테이블로 현주도 눈길을 돌렸다.

몇 해 전 사내 불륜 관계였던 남자 부장과 여자 차장이 야근을 틈타 그 위에서 뒹굴다가 파국을 맞은 문제의 테이블이었다. 재수 없게도 청소 용역 회사의 아주머니에게 들켜 두 사람은 바로 퇴사 조치를 당했다.

며칠 전의 일이 저절로 떠올랐다. 석훈이 장난스럽게 "우리도 여기서 해볼까?" 하며 현주의 손을 잡아끈 적이 있다. 석훈은 회의실 문을 잠그고는 순식간에 현주의 셔츠 단추를 풀어 그 사이로 손을 쓱 집어넣었다. 석훈의 짧고도 강렬한 손길은 현주를 충분히 황홀하게 했다.

현주가 그때의 즐거웠던 기억을 떠올리며 혼자 미소를 짓는 동안 석훈은 여전히 고개를 푹 숙인 채 현주를 어루만졌던 손으로 휴대전화를 만지작거리고 있었다. 저 무심하고 괴팍한 남자의 전혀 다른 모습을 자기만 알고 있다는 사실에 현주는 가슴이 부풀었다. 낙하산으로 들어온 김 상무의 잔소리가 점점 더 거세졌지만 하나도 귀에 들어오지 않았다.

♪

현주는 이 여자를 조금은 질투하고 있는지 모른다고 생각했다. 전혀 관심조차 없던, 존재감 제로였던 이 여자를. 현주는 오층 여자화장실 바로 옆 세면대에서 잇몸이 터지도록 치실을 비벼대는 민지연을 곁눈질했다. 점심을 먹고 바로 온 모양이다.

화이트 펄 스타킹으로 조심스럽게 감싸놓은 오다리는 점점 벌어졌고 무릎까지 내려온 에이라인 주름치마는 펄럭펄럭 요동쳤다. 대체 이 여자는 어디서 패션 감각을 익힌 것일까. 저런 옷들은 어디

가면 구할 수 있지?

석훈이 어쩌다가 저런 여자를 부사수로 두게 되었을까. 광고대행사에서 상하 관계로 일을 하려면 하루종일 붙어서 희로애락을 함께 해야 하는 직장 부부나 다름없는데 석훈과 민지연의 조합은 아무리 봐도 어울리지 않았다. 현주는 그녀의 치실에 끼어 있는 내용물 따위는 보고 싶지 않아 외면하면서 말을 건넸다.

"점심 일찍 드셨네요. 민 대리님네는 요새 많이 바쁘신가 봐요?"

그녀가 플로싱 작업을 멈추지 않은 채 거울 속에서 고개를 끄덕이며 씩 웃었다. 눈이 반달처럼 함께 웃었다.

"네. 좀 그래요. 좀 있으면 더 바빠질 것 같아요. 우린 사람도 별로 없는데."

"우리 하는 일이 스물네 시간 대기 심부름꾼 노릇이죠, 뭐."

현주가 맞장구를 쳤다.

"에이, 심부름꾼이라뇨. 우리 정도면 그래도 창의력을 발휘할 수 있는 직업 아닌가요?"

"……"

농담을 진담으로 받으며 지연이 동그란 눈동자를 더 크게 떴다. 통통하고 하얀 그녀의 볼살이 덩달아 꿈틀댔다. 광고 기획 파트에서 일을 맡은 지 반년도 채 안 되었을 텐데. 반평생 광고를 해온 베테랑처럼 말하는 모습이 현주로서는 조금 가소로웠다.

"그런데 현주 대리는 모델처럼 늘씬늘씬하고 이목구비도 외국 여자처럼 뚜렷한데 옷을 너무 심플하게 입고 다니는 것 같아요."

어쭈.

"나야 뭐 한물갔다고 쳐도 현주 씨는 한창 예쁠 때잖아."

비방도 조언도 아닌 그 말에 현주는 얘 봐라, 싶었다. '주는 것 없이 미운 사람'이 이런 사람을 두고 하는 말인가. 현주는 대충 대꾸한 후 칫솔과 치약을 캐비닛 안에 넣고 잰걸음으로 화장실을 빠져나왔다.

정말 오랜만에 석훈과 일요일을 함께 보냈다. 한바탕 그 일을 치른 후 지나가는 말투로 석훈에게 민 대리에 대해 물었다.

"민지연 선배는 어때요?"

"어떻다니?"

석훈은 표정 변화 하나 없이 리모컨으로 스포츠 채널을 찾고 있었다.

"데리고 일해보시니까 어떠냐고요. 일은 잘해요? 인사부에서 건너온 지 얼마 안 됐잖아요."

얼마 전까지 그 자리는 내 자리였는데, 하는 뉘앙스가 말투에 섞여 있었다.

"나이도 있고 해서 인사부장이 그렇게 잡았는데도 기획팀으로 넘어온 걸 보면 열혈 여성인 것 같아. 정말 이 일이 하고 싶었나 봐.

꽤 열심히 하더라고."

감정을 전혀 싣지 않은 듯한 중저음의 목소리는 그가 하는 말에 묘한 설득력을 더해주었다.

"아니, 인사부는 여자들이 편하게 일하기 딱 좋은 부서잖아요. 이쪽 일은 워낙 야근도 많고 해서 몸도 힘들고 그런데…….. 왜 굳이 옮겨왔을까 싶어서요."

대수롭지 않게 이야기하는 것처럼 보이려고 현주는 일부러 앞머리를 몇 번 위로 쓸어 넘기는 시늉을 했다.

"너 지금 걔 무시하는 거니? 텃세 부리는 거냐고?"

그가 흘겨봤다.

"에이, 그런 건 아니에요……."

"김현주! 넌 좋은 학교 나와서 바로 이 회사 입사했지? 동기들 중에도 꽤 인정받는 편이고. 그러니 너 같은 부류가 그런 여자를 이해하긴 힘들겠지."

좀 오버한다 싶게 민지연을 두둔했다. 전문대 출신에 관리 팀 말단으로 입사해서 인사 팀 과장까지 올라갔으면 대단한 거 아니니? 그런데도 광고 일 제대로 한번 해보겠다고 직급까지 낮추면서 어렵게 옮긴 거라고. 다들 뒤에서 수군거리는 모양인데 너까지 그럴 건 없잖아.

석훈의 말을 다 듣고 나자 명치끝이 쿡 쑤셔왔다. 현주는 석훈에게 텃세나 부리는 그렇고 그런 여자로 분류되는 게 속상했다. 그러면서도 입에서는 제멋대로 엉뚱한 말이 튀어나갔다.

"저랑 비교하면 누가 더 나아요?"

석훈이 어이가 없다는 듯 상체를 일으켜 세우며 애지중지하는 명품 오디오에 시디를 갈아 끼웠다.

"또, 또, 쓸데없는 소리한다."

석훈은 침대에 걸터앉으며 멘톨 담배에 불을 붙였다.

"하여간 너네 여자들이란."

그가 약간 한심하다는 표정을 지으며 단단하게 추켜올린 현주의 하얀 엉덩이를 찰싹 때렸다. 현주는 석훈이 자신을 거칠게 다루는 방식에 익숙해져가고 있었다.

"어서 옷 입어. 너 때문에 배고프다. 나가자."

'너 때문에'라는 말이 방금 전 그와 벌였던 전투를 떠오르게 했다. 오랜만에 봐서 평소보다 더 거리낌 없이 그를 탐했던 게 부끄러워 아랫배가 간질거렸다. 그동안 몰랐던 자기 안의 무언가가 나날이 터져 나오는 걸 현주는 그렇게 느끼고 있었다.


"피곤해."

석훈이 종종 이런 말로 현주의 심기를 건드리기 시작한 건 얼마 되지 않았다. 밥을 먹을 때도 잠자리에서도 그 말을 했다. 하도 자주 해서 현주는 자신이 어느덧 그에게 피곤한 존재가 된 건 아닌가 섬뜩했다. 그렇지만 여느 여자애들처럼 당신에게 난 어떤 존재예요, 하고 보채는 일은 하지 않을 거야. 힘든 시기라면 아무 말 없이 그의 곁을 지켜줄 작정이었다.

업무상 말을 많이 하는 석훈은 자신의 프라이버시에 대해 시끄럽게 떠드는 여자는 좋아하지 않았다. 그래서 꾹 참았다. 그나마 덜 힘들고 덜 바쁜 내가 주말에 먼저 시간을 비워놓고 기다려야지, 하고 생각했다.

그에게서 연락이 점점 더 뜸해져도 자신을 타일렀다. 기다려야 돼. 알잖아 이 일이 어떤지. 넌 너무 생각을 비약시키는 경향이 있어. 일 때문에 바쁜 남자친구 못 잡아먹어 안달하던 친구들에게 네가 뭐라고 했니. 동굴로 들어간 남자는 그냥 좀 놔두라고 하지 않았니.

그러나 막상 자신이 그런 상황에 놓이자 통제가 되지 않았다. 사랑이 뭔지도 모른 채 친구들을 속 좁은 여자라고 꾸짖던 자신의 모습이 떠올라 씁쓸해졌다.

♪

"뭘 그렇게 뚫어져라 보고 있어요?"

언제부터 민지연이 뒤에 서 있던 것일까.

"젊은 사람 얼굴이 왜 그래요? 요새 잠을 통 못 자나 봐."

"아, 많이 피곤해서요."

"요새 많이 힘들죠? 다 알아요, 나두."

으잉.

아래로 처진 민지연의 왕방울 같은 두 눈에 연민의 정이 가득했다.

"네?"

지연이 갑자기 상체를 수그리더니 다른 사람이 없는지 확인하려는 듯 화장실 칸막이 아래를 눈으로 훑었다. 무릎길이로 내려오는 그녀의 꽃무늬 원피스가 오늘따라 눈에 더 거슬렸다.

"나 알고 있어요. 두 사람 만나는 거."

속삭이듯 말했지만 화장실 안이라 민지연의 하이 옥타브 목소리가 쩌렁쩌렁 울렸다. 그러면서 아무한테도 얘기하지 않았다는 표시로 손가락을 입에 갖다 댔다.

"무슨 말씀이세요?"

내 말에는 아랑곳하지 않고 민지연이 말했다.

"자기도 힘들겠지만, 요새 최 부장님 엄청 심란하셔. 나 인사부 출신이잖아요. 이런저런 얘기가 다 들리더라고."

그녀가 계속 말을 이어갔다.

"김 상무가 데리고 온 기획2팀 안 부장 있죠? 그 사람이 어떻게든 최 부장님 승진을 막으려고 수를 쓰는가 봐."

현주는 사내 정치에 어두웠다. 그저 열심히 일해서 광고주한테 좋은 평가받으면 광고주는 예산을 더 쓸 것이고, 그러면 결과적으로 상사들이 좋아할 것이라고 생각하며 일하는 쪽이었다.

"참, 나 좀 봐. 생각을 못했네. 현주 대리는 이런 뒷얘기에 관심 없지? 내가 괜한 얘기를 했나 보다. 미안해요."

현주는 자신을 애 취급한다고 느꼈다. 얼굴이 확 달아올랐다.

"하지만 최 부장님과 관련된 얘기니까 알고 있으면 좋을 거 같아서. 어쨌든 나 입 무거우니까 걱정 마시고. 훗!"

민지연은 또다시 측은하다는 듯 눈을 내리깔며 화장실을 유유히 빠져나갔다.

다음 날 점심시간 때 현주는 민지연과 회사 근처에서 돌솥밥 정식을 먹고 있었다. 회사 옆 건물 일층에 있는 커피숍으로 자리를 옮긴 것도 현주의 뜻이었다. 적어도 민지연은, 석훈 때문에 꽉 막힐 대로 막혀버린 현주의 마음을 뚫어줄 유일한 사람이었다. 그녀는 현주에게 석훈의 좋지 않은 최근 상황에 대해 조목조목 설명해주었다.

"자기도 알다시피, 최 부장님 너무 유능하시잖아. 그래서 적들이 많아진 거야. 새로 온 김 상무는 광고 경험이 눈꼽만큼도 없는 자기 사람을 심어놓으려고 하고."

광고 경력이 짧은 민지연이 그런 말을 해서 좀 웃겼지만 석훈의 상황을 미주알고주알 들려주는 게 고마웠다. 석훈의 입지는 점점 줄어들고 있었다. 윗선의 지원도 줄면서 담당 광고주들도 하나둘 떨어져나갈 판이었다.

"최 부장님이 사장 라인인거 알죠? 그런데 사장님이 다른 계열사로 옮길 확률이 높은가 봐. 그러니 김 상무가 최 부장님을 갈구는 거야. 곁에서 보는 나도 참 괴롭더라. 자기는 모르는 척하는 게 나을 거야."

"네에……."

현주는 앞뒤 사정도 모르고 석훈의 태도에 섭섭해했던 자신이 한심하고 부끄러웠다.

"최 부장님 사정 전혀 몰랐나봐? 그랬으면 현주 대리가 그동안 많이 힘들었겠다. 그 사람 거의 자기 시간도 없어, 요즘. 주말에도 김 상무가 광고주 핑계 대면서 골프니 뭐니 얼마나 불러내는지 몰라. 아마 본인도 마음 상해서 이런 얘기 잘 안 했을 거야."

"네에……."

"현주 대리는 똑똑하니까 잘 알겠지만 이럴 때 남자 긁으면 안 돼. 차분히 기다려줘야 돼."

민지연이 친정 엄마라도 되는 양 말했다. 자신의 위로를 전하고야 말겠다는 듯이 현주의 팔꿈치를 꽉 붙잡아주기까지 했다.

"아, 그런데…… 이런 말해도 되는지 모르겠는데 최 부장님이 김 대리한테 약간 기가 눌려 있는 것 같더라."

"네? 그게 무슨 말이에요?"

"남자들 다 똑같잖아. 여자가 너무 잘나면 위축되고……. 김 대리가 워낙 똑 부러지고 윗분들이 총애하니까……."

민지연의 이야기가 모두 맞을지도 모른다. 그렇다고 이런 얘기를 그녀에게서 듣고 싶지는 않았다. 민지연도 그걸 느꼈는지 서둘러 말을 돌렸다.

"뭐 어쨌든, 그게 중요한 건 아니고. 앞으론 내가 현주 대리 얘기 들어줄게. 이럴 때 여자 마음 답답하잖아. 내가 이 나이 되도록 노처녀지만 그 마음 너무 잘 알거든. 그래도 어쩌겠어. 매력적인 남자는 원래 공공 자산인데."

현주는 그날 밤 잠자리에 들면서 지연의 말을 다시 생각해보았다. 분명히 틀린 말은 아니었다. 이럴 땐 사고 치지 말고 시간들이 알아서 흘러가버리도록 차분히 기다리면 된다. 지금 그 사람은 평소의 그가 아니니까 자극해서 좋을 것 하나 없다. 그래, 나는 내 일을 열심히 하면서 다시 올 그날을 기다리면 된다.

그렇게 다짐한 지 며칠도 안 돼서 석훈에게서 전화가 왔다.

"할 말 있어. 내일 저녁에 잠깐 보자."

그의 목소리는 평소보다 더 낮고 무거웠다. 불길한 느낌이 들었다. 과거의 나쁜 기억들까지 가세해 도무지 잠을 잘 수가 없었다.

생각해보면 늘 이렇게 갑작스럽게 끝이 나곤 했다. 현주는 왜 어떤 과정을 통해 남자와 헤어지게 되었는지 정확하게 되짚어본 적이 한 번도 없었다. 남자와 여자가 우연히 만나고 그것을 운명이라 여겨 사랑에 빠지고 시간이 지나면서 서로 오해하고 시간이 더 지나면서 서로에게 신물이 나고, 이윽고 서로를 매도하고 조롱하다가 헤어지는 것, 애초에 그것이 연애라고 생각했으니까.

그러면서도 한편으로는 자신이 여학교만 다녀서 남자의 심리를 모르는 건 아닐까 싶어 연애 심리서를 탐독하기도 했다. 하지만 마음대로 되지 않았다. 먼저 다가와 구애를 하던 남자의 성의에 못 이겨 마음을 허락해주었는데 정이 들 때쯤 되면 그들은 슬금슬금 뒷걸음질 쳤다.

남자가 이별의 징후를 보여도 태연히 있으라고 해서 그대로 했더니 "역시 넌 차가운 여자야"라며 가버렸다. 마음 가는 대로 매달리라고 해서 또 그렇게 하면 "안 어울리게 왜 그래. 그래도 넌 머리는 좋은 여자라고 생각했는데"라며 떠나갔다. 그럴 때마다 그들이 그렇게 행동하는 것은 알량한 자존심 때문이라고 생각했다. 그래야 마음이 조금은 편했다.


현주는 최석훈과 만날 때 벌어질 일을 상상했다. 회사 근처 뒷골목의 카페에서 만나겠지. 카페에는 사람이 별로 없을 거야. 아무래도 약속 시간보다 십오 분 정도 늦게 들어가는 게 좋겠지. 이별 통보를 받을 거면서 먼저 가서 기다릴 필요는 없잖아.

먼저 와서 기다리던 석훈은 간밤에 한숨도 못 잔 표정을 짓고 있 겠지. 아마 나를 똑바로 쳐다보지는 못할 거야. '왜 이렇게 늦었어? 사무실에서 오는 거 아냐?' 헤어질 거면서 자기 여자에게 하는 것 처럼 석훈은 큰소리를 내겠지. 계면쩍어서 그럴 거야. 잠시 침묵을 가장한 후 그는 무척 부드럽게 돌변해서 이런 얘기를 쏟아낼 수도 있어.

'내가 아직 이 나이 되도록 철이 안 들어서……' '너는 앞으로 쭉 쭉 뻗어나가야 하는 애고……' '당분간은 아무것도 신경 쓰기 싫 고, 좀 바쁘게 일하면서 혼자 생각할 시간이 필요할 것 같아.' '곰곰 이 생각해보니 내가 정말 너에게 몹쓸 짓을 한 것 같다.'

아냐 아냐, 이렇게 평범하고 특색 없는 변명을 늘어놓지는 않을 거야. 조금 더 세련된 거짓말을 하지 않을까. '네가 이런 나를 계속 만날 자신이 없으면 네가 하자는 대로 할게. 이대로 싫다고 한다면 하는 수 없지.'

그러면서 그는 그 아름다운 손가락으로 자책하듯 자기 얼굴을 감쌀 거야. 그게 아니면 다리를 반대쪽으로 꼬며 고심하는 모습을 연출하겠지. 그래도 나는 절대 울지 않을 거야. 무너지지 않을 거라 고. 그 자리에서 울어버리면 기다렸다는 듯이 '미안하다'고 말할 테 고 그러면 상황이 너무 쉽게 종료되는 거잖아.

여기까지 상상이 미쳤을 때 현주는 머릿속이 뒤죽박죽 되었다. 이게 아니야. 우리 사이가 그럴 리 없어. 모든 게 의미가 없어진다고. 이번 연애는 특별했다고. 그만큼 이별도 과거와 달라야 한다. 그래야 앞으로도 숨을 쉬며 살 수 있을 것 같았다. 어차피 이 관계를 복구시킬 방법은 없다. 이미 끝난 것이다.

그렇다면 그가 마지막 이별 의식을 행할 때까지 기다려서는 안 된다. 차라리 내가 이별을 결정하고 통보해야 한다. 내가 먼저 '우리 헤어져요' 하고 말해야 한다. 그가 주절주절 이별의 변을 늘어놓는 것을 참을성 있게 들어줄 필요도 없다. '끝났다'고 선언하고 바로 일어서는 것이다. 히스테리 부리면서 스토커가 돼서는 안 된다. 마지막엔 미소를 지어주면서 이렇게 말하면 된다.

"그동안 여러 가지로 고마웠어요."

그러고는 그가 불러도 뒤돌아보지 않고 당당히 나오는 것이다. 과거의 이별 의식에서 들어왔던 그 지겨운 소리를 석훈에게서 또 들어서는 안 된다.

현주는 이불을 걷어차고 일어나 가볍게 화장을 하고는 지갑만 들고 석훈의 집으로 향했다. 이 시간이라면, 스토커 소리를 들을 시간은 다행히 아니었다. 현관문 앞에서 호흡을 가다듬고 옷매무새를 살폈다. 그 앞에 서 있자니 문득 그 첫날밤의 공기와 감촉이 떠올랐다. 혹시 그가 저 문을 열고는 놀라서 반갑게 내 손을 잡아끌면 어떡하지.

땅~동.

현관문에 붙어 있는 중국음식점의 메뉴를 거의 다 읽어 내려갈 즈음 육중한 문이 둔탁하게 열렸다.

어~?

민지연이었다. 화장을 지워 눈썹이 없어진 모나리자 얼굴에 머리띠를 한 그녀가 입에 칫솔을 물고 있었다.

"어, 현주 대리가 이 시간에 웬일로……."

현주는 얼어붙은 듯 그 자리에 꼼짝없이 서 있을 수밖에 없었다.

"어머, 내 정신 좀 봐. 자기 무슨 오해하겠다."

민지연은 서둘러 화장실로 돌아가서는 입 속의 치약을 헹궈내고 다시 현관으로 돌아왔다. 최석훈은 본사 워크숍이 있어 늦게까지 회의를 한다고 했다. 내일 아침 일찍부터 일이 많아질 테니 자기 보고 이 집에서 출퇴근해도 좋다고 했다는 거다.

"근데 들어오라고 해도 되나. 남의 집이라 그렇게 하기도 좀 뭣하고, 참……."

민지연은 현관문에서 잡상인을 상대하는 신참 새댁처럼 발을 동동 구르며 어쩔 줄 몰라 했다. 현주는 그제야 며칠 동안의 이런저런 상황이 이해되기 시작했다. 민지연은 나를 갖고 놀았다. 그런 여자

앞에서 아무것도 모르고 속내를 털어놓았던 자신의 어리석음에 치를 떨었다.

갑자기 드라마의 한 장면이 떠올랐다. 현관문 안쪽을 차지한 민지연의 머리채를 잡고 끌어내 동네방네 시끄럽도록 아수라장을 만드는 장면 말이다. 하지만 민지연 따위의 여자에게 밀렸다는 자괴감 때문에 꼼짝도 할 수 없었다. 현기증이 났다. 그녀가 배워야 할 어른들의 세계가 무서워졌다. 그 끝이 보이지 않을 것만 같았다.

## 04
# 달팽이 껍질 속 사랑

아무리 애를 써도 우리가 실제 부부가 될 수 없다는 걸 잘 알고 있다.
그의 아내를 질투하며 경쟁하고 싶은 마음도 없었다.
일주일에 한 번 정도 그와 단둘이서 조용히 시간을 보내는 삶이 내가 원하는 것이었다.
우리는 사랑하는 사람들 사이에도 적당한 거리가 필요하다는 데 동의했다.

　　　　　　　　　　　　　　　　—많이 바빠? 일은 잘되고?


　그에게서 온 문자메시지다. 스케치 작업을 하던 손이 멈추었다. 시간 있느냐고 조심스럽게 묻는 저 낮은 속삭임.


　　　　　　　　　　—아뇨. 괜찮아요. 오세요.


　단답형 질문에 단답형 대답. 늘 이랬다. 군더더기 없는 여백의 관계. 라디오 볼륨을 낮추고 부엌으로 건너갔다. 냉장고 안을 파악하는 데는 일 분도 채 걸리지 않았다. 반년 전 이사 온 부암동은 싱싱한 채소와 생선을 파는 재래식 구멍가게가 곳곳에 숨어 있어서 좋다. 이렇게 그가 갑자기 찾아올 때는 더 그랬다.

나는 햇볕에 잘 말린 푸른색 린넨 테이블 크로스부터 원목 식탁에 깔았다. 하얀 원목으로 장식한 아일랜드식 부엌에서 잠깐 정신을 집중했다. 뭘 만들어준담.

연어 구이에 타르타르소스, 으깬 감자, 병아리콩을 넣은 볶음밥……

모처럼 오는 연인에게 가정식 백반을 차려주고 싶진 않았다. 오늘도 카페에서 나올 법한 양식을 홈 메이드 풍으로 만들어줘야겠다고 생각했다. 그에게 차려줄 메뉴를 결정하고 나자 머릿속에서 경쾌한 엔진음이 들렸다. 이런 게 창의력이 가동되는 소린가.

"맛있어. 늘 그렇지만."

벙어리장갑을 끼고 음식이 담긴 뜨거운 프라이팬을 통째로 내가자 그가 기다렸다는 듯이 포크와 숟가락을 놀렸다.

"주희는 그림책도 좋지만, 나중에 요리책 한 권 내도 되겠다."

그가 요리를 남김없이 비웠다. 호리호리한 몸매에 어울리지 않게 대식가다.

"참, 나 다음 주부터 열흘 동안 또 나가."

스칸디나비아 삼국의 새해 풍속을 스케치해오는 계획이 급하게 잡혔다고 했다.

"같이 가면 좋을 텐데……. 주희가 그 나라들 가고 싶다고 했잖

아. 인테리어 취향도 그쪽이고."

"와, 좋겠다."

"근데 이번에 또 교육 특집과 묶여서 그쪽 팀원도 같이 가."

"우르르 몰려다니는 거 싫어하시잖아요?"

"그렇긴 한데, 그보다도 주희가 너무 가고 싶어 했던 곳이라 혼자 가기가 참 그렇네."

"저도 그냥 무턱대고 따라갈까요?"

약간 당황했는지 그가 양미간을 살짝 구기며 진지하게 받았다.

"어떡할까, 한번 방법을 찾아볼까?"

괜히 하는 소리란 걸 알기에 나는 고개를 절레절레 흔들었다.

"아니에요. 농담한 거예요. 전 괜찮아요. 지금 마감도 걸려 있고, 다음에 또 기회가 있겠죠."

강한 척하는 게 아니라 정말로 불만은 없었다. 지난 반년간 나는 신문사의 여행 레저 담당 기자인 그와 크고 작은 여행을 함께 다녔다. 그것으로 충분했다.

그와 나는 쿨하게 만나려고 했다. 우리 집에서 그는 편안한 손님일 뿐이고 나는 집주인일 뿐이다. 그 정도의 관계가 딱이었다. 그래서 파자마나 실내복, 칫솔을 상비해놓는 신혼부부 놀이는 '노 생큐'였다. 나는 아무리 애를 써도 우리가 실제 부부가 될 수 없다는 걸 잘 알고 있다. 그의 아내를 질투하며 경쟁하고 싶은 마음도 없었다.

일주일에 한 번 정도 그와 단둘이 조용히 시간을 보내는 삶이 내가 원하는 것이었다. 우리는 사랑하는 사람들 사이에도 적당한 거리가 필요하다는 데 동의했다.

앞치마 허리춤에 매달아놓은 린넨 손수건으로 그의 안경을 닦고 있을 때였다. 그가 우리 집에 올 때면 반드시 해주는 서비스였다. 아니 내 즐거운 임무였다. 안경을 벗은 무방비 상태의 달콤한 얼굴을 보고 있으면 그가 내 남자란 생각이 들었다.

"응… 응… 알았어. 아, 그래? 잘됐네. 나 지금 바쁘거든, 어, 그래."

안경을 벗은 그가 내게 등을 돌린 채 난처한 목소리로 전화를 받았다.

"무슨 일 있어요?"

설거지 거리를 싱크대에 놓으면서 그에게 물었다. 일부러 못 들은 척하는 것이 더 이상하니까.

"아, 우리 애가 이번에 유치원 추첨에 붙었다고."

"추첨이요?"

"어, 사립초등학교 부속 유치원."

잘됐다는 듯이 활짝 웃어 보였지만 그럴 만한 일인지는 잘 몰랐다.

"요새는 유치원 입학도 경쟁이 치열한가봐. 애 엄마가 알아서 하겠지, 뭐."

"참, 윤이 말이에요. 최근에 찍은 사진 있어요? 보고 싶다. 많이 예뻐졌죠?"

"아니, 없어. 그런 거 안 갖고 다녀."

나는 그가 지갑 첫째 줄에 여섯 살 된 외동딸 윤이의 사진을 넣고 다니는 것을 알고 있었다. 하지만 그의 거짓말을 존중해주기로 했다. 거짓말 하는 걸 알면서도 모르는 척해줘야 하는 게 괴로워 우리 같은 연인 관계를 포기하는 여자들이 많지만, 난 그의 하얀 거짓말이 싫지 않았다. 어쩔 수 없이 거짓말을 할 때 드러나는 그의 어색한 표정도 밉지 않았다.

"그럼 다음에 올 때 하나 갖고 오세요. 이왕이면 교복 입은 걸로요. 너무 예쁘겠다."

"그러지 뭐."

"제 로망이 뭔지 아세요?"

"글쎄."

"딸아이 재롱 잔치 보러 가는 거예요. 완전 감동일 거 같아요. 기왕이면 무대 옆에서 가만히 서 있는 나무 말고 잠자는 숲 속의 공주님 같은 주인공 했으면 좋겠어요."

딸 얘기가 불편했는지 그가 말을 돌렸다.

"오늘, 여기 있다 갈까?"

그는 자고 갈까, 라는 말을 늘 '있다 갈까'라고 표현했다. 자고 간다고 해서 우리가 늘 사랑을 나누는 건 아니다. 그는 나이에 비해 훨씬 젊고 건강했지만 같이 대화하고 맛있는 음식 먹는 걸 더 좋아했다. 아주 가끔 아담하고 통통한 내 몸을 사랑해줄 때도 있긴 하지만 말이다.

"그런데…… 오늘 집에 가서 윤이 축하해줘야 하는 거 아니에요?"

조심스럽게 묻긴 했지만 그가 그러지 않기를 바랐다.

"그게 뭐 대단한 일이라고. 주희가 있으라고 하면 나 있을게."

그가 양순한 충견처럼 나를 올려다보며 명령을 기다렸다.

밖에는 눈발이 서서히 흩날리고 있었다. 창문을 단단히 닫으면서 내가 말했다.

"오늘은 그냥 들어가는 게 좋겠어요. 밖에 눈도 오고요. 저도 아까 마치지 못한 일이 남았거든요."

그가 더 있으면 좋겠지만 그럴 상황이 아닌 듯했다. 오늘은 그가 좀 일찍 떠나도 외롭지 않을 것 같았다. 사실 그가 떠나고 난 빈자리가 좋을 때도 없지 않았다. 설령 텅 빈 느낌이 나를 지배해도 그것은 모종의 평화로운 안정감을 주었다.

그런 점에서 나는 고독을 잘 다루는 편이었다. 맘에도 없는 남자를 만나 시간을 허비하는 것보다는, 진심을 털어놓지 않는 여자친구들을 만나 남을 헐뜯는 것보다는 혼자 있는 시간이 훨씬 낫다. 국화차 한잔과 에프엠 라디오의 심야 음악, 그리고 뜨개질 거리와 소설책만 있으면 나는 든든했다.

"그래, 알았어. 그럼 나 딱 삼십 분만 있다가 갈 테니까 무릎 좀 빌려주라."

그는 식탁을 벗어나 침대 옆의 작고 푹신한 소파로 향했다.

"먹고 바로 누우시면 어떡해요."

그는 지친 듯한 얼굴로 팔을 뻗어 내게 오라고 손짓했다.

"딱 삼십 분만, 응?"

나는 내 무릎보다는 더 따뜻할 타탄체크 캐시미어 담요를 누워 있는 그에게 덮어주었다. 그가 몸을 일으켜 잠시 내 허벅지를 꼭 껴안았다. 나도 그의 정수리에 코를 대고 가만히 서 있었다.


눈이 내린 지 얼마 되지 않았는데도 부암동 산기슭과 그 아래를 따라 줄지어 서 있는 주택들은 어느새 함박눈을 뒤집어쓰고 있었다. 줄무늬 파자마에 빨간색 카디건을 두르고 창밖의 풍경을 보는데 문득 스칸디나비아의 기나긴 백야가 떠올랐다. 절대 고독의 그 땅에서 세상 사람과 단절된 채 그와 살면 어떨까? 아니 그 추운 나라로 둘만의 여행을 떠나면 어떨까.

철부지 여고생처럼 환상 속으로 저벅저벅 들어가고 있는데 뜬금없이 스웨덴 사람들은 정말로 섹스에 개방적일까 궁금했다. 중학생만 되면 스테판, 요르디 같은 애들이 되는 대로 파트너를 바꿔가며 관계를 맺을까? 금발 머리에 투명한 피부를 지닌 사람들이라면 섹스를 아무리 많이 해도 영혼이 더럽혀지지 않는 건가?

혼자 생각해도 멋쩍어서 돌아서는데 갑자기 한기가 느껴졌다. 이 층짜리 낡은 다세대주택은 외풍을 잘 막아주지 못했다. 그가 떠나서 더 추운 거겠지. 전기장판의 스위치를 올리고 폴 오스터의 소설책을 집어드는데 고양이 '보리'가 어슬렁어슬렁 다가왔다. 나처럼 집 안 구석에 늘 웅크리고 있는 보리는 그가 나를 위해 데려온 유일한 가족이었다.

늦은 저녁을 먹는 보리를 보고 있자니 처음 그를 만났던 장면이 아슴푸레 떠올랐다. 세 번째 작업한 그림책이 호평을 받으면서 나는 그와 H 신문사에서 만났다. 『어린이를 위한 세계일주』란 책 내용 때문인지 신간을 소개하는 문화부 기자가 아니라 여행 정보를 다루는 생활부 기자를 만나게 된 것이다.

인터뷰를 위해 신문사 앞 커피숍에 도착한 것은 약속 시간 삼십 분 전이었다. 하지만 담당 기자는 약속 시간이 십 분이나 지났는데도 나타나지 않았다. 점점 초조해지기 시작했다. 워낙 사람 만나는 걸 두려워하는 편이기도 했지만 난생 처음 하는 단독 인터뷰라 걱정이 이만저만 아니었다. 새로 누군가를 만나는 일, 실제보다 과대포장해서 나를 보여주는 일은 늘 고역이었다.

점심시간을 놓쳐 배가 고파 더 어질어질했다. 식사를 마친 직장인들이 시끌벅적 몰려들자 식은땀까지 나기 시작했다. 그냥 여기서 가버릴까? 그러면 출판사에서 애써서 잡은 기회를 팽개쳤다고 난리를 치겠지.

머릿속에서 온갖 소음이 뒤섞이려는 그때 저 멀리 엘리베이터에서 웬 키 큰 남자가 헐레벌떡 커피숍 안으로 뛰어 들어왔다. 타원형 안경테에 헝클어진 반 곱슬 머리카락, 트위드 재킷, 옅은 베이지 색 버버리에 배낭을 멘 그가 내 앞에 섰다. 말끔한 대학원생 차림이었다.

그는 가쁜 숨을 고르며 "오래 기다리셨죠? 후우~. 다른 인터뷰가 너무 길어졌어요. 죄송합니다" 하며 양해를 구했다. 그의 모습은 예상했던 것과는 한참 달랐다. 머리에 기름을 잔뜩 발라 뒤로 넘기지도 않았고, 양복 호주머니에서 권총 뽑듯이 기자용 수첩을 꺼내 들지도 않았고, 만나자마자 속을 건드리는 느물느물한 질문도 던지지 않았다. 하기야 그런 모습은 영화에서나 보던 것이었다.

수수한 그의 모습을 보자 불안과 긴장으로 터져버릴 것 같은 내 마음이 조금 진정되었다. 어쩌면 낡은 학생 배낭에서 내 책을 꺼내려다 다른 물건까지 와르르 쏟은 그의 덤벙거림이 나를 무장 해제시켰는지 모르겠다. 그는 뭉툭한 뱅헤어 스타일에 둥그런 코의 빨간 가죽 신발을 신은 내 차림새를 보면서 소리 없이 실실 웃더니 말문을 열었다.

"그런데 최주희 씨는 요시토모 나라 일러스트에 나오는 여자아이 같아요."

한 달 후 그가 우리 집에서 오 분 거리에 있는 골목 구석의 작은 카페로 찾아왔다. 한참을 말없이 마주 앉아 있다가 용기를 내어 내가 먼저 물었다.

"언제 처음 제가…… 생각나기 시작했어요?"

어떤 대답이 나올지 궁금해하고 있는데 그가 진지한 표정으로 말했다.

"난 주희 씨 얼굴에 그늘진 것이 마음에 걸렸어요."

조금 실망스러운 답변이었지만 그럴 일은 아니었다. 그는 내 콤플렉스를 사랑해주는 유일한 남자니까.

"나도 주희 씨랑 똑같은 조직 부적응자거든요. 성격도 못됐고 예민하고, 아니 소심하고."

"에이~. 신문사에 다니시면 조직 부적응자라는 건 좀 아니다. 사람을 많이 만나는 직업이잖아요. 저하고는 다르죠. 전 이제 혼자 하는 일 말고는 못해요. 전 사람들 많은 게 진짜 힘들어요."

"나도 혼자 일하는 거나 다름없어요. 내 주변에도 사람들 별로 없거든요. 다 큰 남자가 이런 말 하면 뭐 하지만…… 사는 건 정말 외로운 것 같아."

그가 나와 똑같은 외로운 사람이라는 사실이 위안을 주었다.

그를 그윽하게 바라보고 있는데 그가 대뜸 내 볼을 손가락 하나 하나로 건드렸다. 갑작스런 그의 행동에 놀랐지만 소란을 부리고 싶지 않았다. 아주 천천히 그의 손에서 얼굴을 빼려는 순간, 그가 벌떡 일어서서 테이블 너머로 내 얼굴을 잡아끌며 키스했다. 이럴 때는 어떻게 해야지? 당황해하면서도 나는 그의 입에서 매혹적인 코스타리카 커피 맛을 생각해냈다.

우리 같은 사람들을 너무 자주 봐왔는지 빡빡머리 주인 아저씨는 등을 돌린 채 열심히 뜨개질만 하고 있었다. 창밖엔 수북이 쌓인 낙엽들이 제 몸을 섞어가며 바스락 바스락 소리를 내고 있었다.

—연말 혼자 보내게 해서 미안해.

스칸디나비아에서 보낸 세 번째 문자메시지다. 가족도, 친구도 없이 집에 있을 걸 잘 아는 그가 위로하느라 보낸 것이다. 마음 씀씀이가 고마웠다. 하지만 메시지를 보내지 않아도 나는 괜찮았다. 나 같은 사람들은 어차피 혼자인 게 익숙하다. 크리스마스나 연말연시도 관심 없다. 특별히 행복하거나 로맨틱하게 보낸 기억도 없으니까 굳이 비참해질 이유가 없는 거다.

그가 없는 연말연시에도 나는 평소처럼 내 일을 할 것이다. 그가 멀리 스칸디나비아로 출장을 가버렸다 해도 그의 온기를 직접 느끼지 못한다 해도, 그를 늘 가까이서 느낄 수 있으니까 괜찮았다. 이땅에 그가 없다는 게 마음을 스산하게 하면 가끔 그의 동네로 산책을 가면 된다.

그는 나와 같은 부암동에 살았다. 물론 동네는 달랐다. 그의 빌라는 큰길에서 한참 떨어져 외진 데에 자리 잡고 있었다. 그가 이 동네에 사는 걸 보면 여느 중산층 가장과 달리 부동산 재테크에는 별반 관심이 없는 것 같았다. 자긴 늘 일개 기자에 불과하고 언제 잘릴지 모른다고, 관두게 되면 달리 할 수 있는 일도 없다고 엄살을 부렸다. 하지만 세상 돌아가는 걸 잘 모르는 내가 봐도 그의 집은 꽤 비싼 축에 속했다.

그의 집은 걸어서 십오 분 거리에 있었다. 밖으로 나가는 것도, 걷는 것도 좋아하지 않는 나로서는 그의 집을 보고 싶어도 좀처럼 발이 떨어지지 않았다. 처음엔 오 분쯤, 그다음엔 십 분쯤, 마지막엔 힘을 내 십오 분을 걸어서 그의 집 앞에 다다랐다. 그림 그리는 게 하루종일 앉아서 하는 일이니 하루 한 번쯤은 바깥 공기를 쐬며 산책하는 게 좋을 것 같아서였다. 나는 선글라스를 끼고 가벼운 옷차림에 운동화를 신은 채 주민처럼 그 동네를 어슬렁거렸다.

그가 사는 빌라의 육중한 흰색 철제문 너머에서는 아무런 소리가 들리지 않았다. 그 적막 속에서 사랑하는 사람의 기운을, 그가 존재한다는 느낌을 감지할 수 있었다. 나는 가끔 그가 사는 203호 초인종을 누르는 상상도 했었다.

'네, 누구세요?'

낭랑하고 명료한 여자의 목소리가 들려오겠지. 엄마에게 보채는 윤이의 어리광 섞인 목소리가 들려올지도 몰라. 그럼 나는 어떻게 대답해야 할까.

'네 저는……, 그러니까 저는…….'

상상하는 것만으로도 숨이 가빠진다. 그래서 호주머니에 넣고 다니는 항불안제를 한 알 삼키고 몸을 낮게 숙여 호흡을 고를 때도 있었다.

한번은 빌라 일층 정원에 세워진, 보조 바퀴가 달린 여자아이용 두발자전거가 보였다. 세련된 색감과 원목 소재가 적절히 조화를 이룬 명품 수입 자전거였다. 한눈에 봐도 그가 윤이를 위해 산 것임을 알 수 있었다. 왜냐하면 내가 직접 외국 쇼핑몰 사이트에서 골라준 것이니까.

누가 보면 내가 윤이에게 집착하는 것 같지만 그러는 데는 이유가 있다. 나는 이 세상에서 가장 아름다운 존재가 여자아이라고 생각한다. 그렇게 순수하고 깨끗하고 아름다운 존재가 어디 있단 말인가. 그래서 내 그림책의 등장인물도 늘 볼 빨간 소녀들이다. 편집자가 등장인물을 골고루 배치하라고 해도 난 꼭 소녀이어야만 한다고 우겼다.

나는 종종 그를 마음속 깊이 질투했다. 자신을 쏙 빼닮은 여자 아이를 갖고 있다는 점에서만 말이다. 하루는 그가 지나가는 말로 내게 말했다.

"넌 나중에 참 좋은 엄마 되겠다."

아마 칭찬을 의도한 듯 싶었다.

"네?"

"네가 만든 책들을 보면 그런 생각이 들어. 우리 아이도 네 책 참 좋아하더라. 너무 많이 봐서 책이 너덜너덜해졌다니까."

나는 윤이에게 그 책을 누가 읽어주는지 궁금했지만 묻지 않았다. 그는 내가 윤이에 대해 물어보면 왜 굳이 그런 이야기를 하느냐는 듯이 눈초리를 내렸다. 가끔은 두 눈을 반짝이며 윤이 이야기를 늘어놓았다가도 애써 입을 다물었다. 내가 힘들어할까 봐 배려하는 눈치였다. 그가 그럴수록 그의 아름다운 유전자를 지니고 있을 윤이를 직접 확인하고 싶은 마음이 커져갔다. 아마도 내가 훔쳐본 사진대로라면 윤이는 하얀 피부에 새카만 눈동자를 가지고 있을 것이다. 귀밑에는 보송보송 털이 나 있겠지. 부끄럼을 탈 때는 자기 아빠처럼 눈 밑에 살짝 그늘이 생길까?

언젠가 내게도 딸이 생긴다면 남자 따윈 필요 없을 거야. 매일 밤 꼬옥 껴안고 잠이 들겠지. 펠트로 누빈 인형을 만들어주고, 유기농

면으로 우주복도, 퀼트로 두두 이불도 만들어줘야지. 학교를 다녀오면 함께 머랭 쿠키를 구우며 깔깔대겠지. 그런 생각을 엉겁결에 말한 적이 있었다.

"나도 윤이처럼 예쁜 딸을 하나 갖고 싶어요."

일부러 한 말은 아니었는데 그의 표정이 잠시 흔들리다가 이내 제자리를 찾았다. 그러고는 난처한 듯 말했다. 더 이상 아이를 낳을 수 없는 몸이라고.

"너도 눈치 챘겠지만……. 아내가 아이 낳을 때 너무 고생해서……."

그렇게 말하면서 그는 미안하다는 듯 내 뺨을 쓸었다. 무슨 의도를 갖고 한 말은 아니었는데 말을 하고 나니 왠지 할 말을 했다는 느낌에 가슴이 조금 후련했다.

—도착했어. 빨리 보고 싶다. 내일 집으로 갈게.

그가 인천국제공항에서 문자를 보냈다. 스칸디나비아 지역을 취재하러 떠난 지 꼬박 열흘 만이었다. 그사이 서울에선 폭설이 내렸다가 녹아서 우중충했는데 갑자기 풍경이 환해졌다. 나는 가벼운 흥분에 몸을 떨면서 수입 식료품 가게에 들러 디종 머스터드와 고우다 치즈를 바구니에 넣고 있었다. 그때 또 다른 문자가 왔다.

—내일 아무래도 못 갈 것 같아.

잠시 멍해져 멀뚱히 허공을 바라보았다. 부암동의 풍경이 다시 잿빛으로 바뀌었다. 겨울비라도 곧 내릴 것처럼 보였다.

—네, 알았어요.

이해심 많은 여인이어야 했다. 절대 질문을 해서는 안 된다. 질문을 해봤자 비참해지는 건 나다. 가게 주인아주머니에게 바구니를 건네주며 말했다.

"죄송하지만, 이것 좀 그냥 놓고 갈게요."

외국 생활을 오래 했다는 주인아주머니는 친절하고 쿨하게 별일 아니란 듯이 내 바구니를 받아들었다. 그게 나를 더 슬프게 만들었다. 주인아주머니의 직업적인 친절처럼 나도 그에게 애인이라는 직업적 친절을 발휘할 수는 없을까.

이상하게도 이번에는 감당할 수 없을 만큼 심하게 흔들리는 나를 발견했다. 내가 스스로를 보호하기 위해 정해놓은 룰을 깨뜨릴 수밖에 없었다. '절대 먼저 전화하지 않는다'는 룰 말이다.

"내가 전화할게."

그가 전화를 끊으면서 그렇게 말했다. 그도 적잖이 놀란 듯했다.

내가 먼저 전화를 건 것은 이번이 처음이었으니까. 나는 그 한마디 말에 충분히 위로받지 못했다. 다시 전화를 걸었다.

"미안해. 지금 좀 전화받기 곤란해."

그의 목소리는 나지막했지만 가시가 돋아 있었다.

"왜요? 무슨 일 있는 거예요? 얘기라도 안 해주시면 전……."

주책없이 목소리가 먼저 울기 시작했다. 그가 어서 그럴 듯한 거짓말로라도 나를 위로해주기를 바랐다. 내가 감쪽같이 속아 넘어갈 만한 내용으로.

"어머니가 돌아가셨어."

"……."

말문이 막혔다. 뭐라고 대꾸할 말을 찾지 못했다. 부끄럽기만 했다. 그에게는 어머니라는 또 다른 여자가 있었던 것이다. 내가 사랑하는 그의 유전자를 물려주신 분.

"그러니까……. 내가 상황 정리되면 전화할게."

"저…… 혹시 고인께 인사드리러 가도 될까요?"

꿀꺽 침 넘어가는 소리가 들릴까 걱정됐다.

"……."

"아…… 아무래도 안 되겠죠?"

"…… 근데 그렇게 할 수 있겠니? 너?"

"……."

"너한테 오라 마라 할 입장이 못 되잖아. 네가 알아서 판단해."

전화를 끊고 옷장 안쪽에서 검은색 옷을 꺼냈다. 그 옷을 보자 입 안에 침이 고이더니 그것도 모자라 헛기침까지 나왔다. 맥박도 빠르게 뛰기 시작했다. 검은색 옷이라니. 이게 몇 년 만인지도 모르겠다.

나는 잠깐이나마 디자인 회사에 다닐 때 어른스럽게 보이려고 검은색 옷만 입고 다녔다. 그런데 성격이 어두워서 그랬는지, 지금보다 훨씬 체중이 많이 나가서 그랬는지, 검은색 옷의 기운이 안 좋아서 그랬는지, 예민하게 굴어서 그랬는지 사람들은 나를 의식적으로 멀리하기 시작했다. 아마도 그 모든 이유 때문이었을 것이다.

나는 회사에서도 다섯 명 이상이 모여 있는 공간에 들어가 있으면 식은땀을 흘렸다. 동료나 선배, 상사들이 빠르고 거칠게 쏘아붙이는 말투도 참을 수 없었다. 한번은 옆 팀 대리가 자기 일을 떠넘기려고 일부러 큰소리로 윽박지르는 데 참다 못해 나는 짐승처럼 포효하고 말았다.

"야, 이 새끼야. 네 껀 네가 해!"

사무실이 발칵 뒤집혔다. 그 일이 있고 나서 사람들은 내게 병원에 가보라고 했다. 회사에서도 일부러 시간을 내주어 가지 않을 수 없었다. 나를 만난 의사는 대인기피증, 공황장애, 불안증, 광장공포증, 이름도 참 가지각색인 증세를 거론하며 내 상태의 심각성을 일러주었다. 우울증이 한꺼번에 폭발한 것이랬다.

회사 사람들도 상황을 알고 나서는 어쩐지 이상하더라, 정상은 아니었어, 라는 표정으로 내게 다가오지 않았다. 그러고 보니 징조들은 꽤 오래전부터 있었다. 현기증과 일시적인 전신 마비 증세, 호흡곤란, 가슴 통증, 불면증……. 그저 회사 사람들과 인간관계가 힘들고 야근이 많아서 스트레스가 쌓인 것이라고 생각했는데 그게 아니었다. 하긴 걸어서 십 분 거리에 있는 회사로 가는 동안 왜 하늘이 무너져 내릴 것 같은지, 왜 차들이 나만 노리고 달려오는지 알 수 없었다.

"공황장애를 극복하려면 두려울수록 자꾸 두려워하는 상황으로 들어가야 돼요. 힘들더라도 약은 꼭 갖고 외출하세요."

정신과 의사는 약을 처방해주면서 사람들이 많은 곳에 자꾸 나가라고 조언해주었다.

하지만 일터와 주거지를 옮겨서라도 새로운 공간에서 내 생활을 찾고 싶었다. 결국 번화가 근처에 있던 집은 한적한 곳으로 옮겼고, 회사도 그만두었다. 보기만 해도 숨이 막히는 검은색 옷 대부분은 버렸다.

병원에서 처방받은 노란색 알약은 책상 서랍에 처박아두었다. 어떻게든 약의 힘을 빌리지 않고 극복해보리라. 노란 알약을 먹는 대신 차라리 사람들 많은 곳에 가지 않기로 했다. 그래도 나는 충분히 안전하고 행복했다. 비록 달팽이 집 같은 공간이지만 내 곁엔 나를 진심으로 이해하고 사랑해주는 연인이 있었다.

그는 여러 바깥 나라들을 취재하러 다니면서 그곳의 풍경을 담은 그림엽서를 부쳐주었다. 'VIA AIR MAIL'이란 글자가 선명하게 찍힌 엽서들은 그가 서울에 도착한 후에나 받았지만 우편함에서 그 엽서를 발견할 때마다 벅찬 행복감을 느낄 수 있었다.

그는 귀국한 뒤 엽서에서 못 다한 이야기들을 들려주었다. 그의 어깨에 머리를 기댄 채 그가 찍은 사진들을 보면서 그가 겪었던 뒷얘기들을 듣고 있노라면 직접 그곳엘 다녀온 기분이 들었다. 그가 들려준 여러 나라의 이야기들은 예쁘고 신비롭고 섬뜩하고 환상적인 이야기들로 바뀌어 내 그림책에서 살아났다. 출판사들은 내 상상력의 출처가 무엇인지 궁금해하면서 좋아했다.

용기를 내서 일 년 만에 집 근처를 벗어나는 외출을 하기로 결정했다. 부디 해가 지기 전에 그곳에 도착하면 좋을 텐데. 해가 지고 검은색 하늘이 드리워지면 나는 또 마법에 걸린 것처럼 다리가 마비되어 한 발자국도 걷지 못할 테니까. 어서 검정 옷을 입고 출발해야만 했다.

돌이켜보면 그때 인터뷰에는 어떻게 나갔나 싶다. 그날도 어떻게든 그 자리를 피하려고 했으나 편집자는 어떻게 잡은 기회인 줄 아느냐, 네가 지금 이런 걸 마다할 입장이냐고 윽박질러 눈물까지 흘렸다. 하지만 용기를 내 그 자리에 나갔기에 지금의 그와 내가 있게 된 것이다.

인터뷰를 하기로 한 날 그는 내가 힘들어하는 것을 첫눈에 알아봤다. 여섯 번째 질문을 할 즈음 불안정한 눈빛으로 식은땀을 흘리는 내가 안쓰러웠는지 그는 나를 자기 차에 태워 집까지 데려다주었다. 운전하면서 그는 한때 우울증을 앓았던 이야기를 아무렇지도 않게 담담하게 풀어놓았다. 하지만 내게는 아무것도 묻질 않았다. 그리곤 내게 부탁했다.

"날 만나줬으면 좋겠어요. 걱정하지 말아요. 이쪽으로 안 나와도 되니까. 내가 그쪽으로 갈게요. 그냥 거기서 만나주기만 해요."

그렇게 그는 내게로 왔다.

오늘은 내가 그에게 가야 할 차례였다. 장례식장 1호실 앞에는 검정 옷을 입은 사람들이 웅성거리고 있었다. 그의 집안 사람이라는 것은 분위기와 말투만으로도 금방 알 수 있었지만 끝이 안 보이는 조화 행렬이 다시 그것을 확인시켜주었다. 나는 빈소에 들어가기 전에 노란색 알약을 하나 꺼내 삼켰다. 다행히 문상객들은 대부분 점잖게 보였다.

그는 국화꽃 불단 옆에 무릎을 꿇고 앉아 있었다. 그가 양복을 입은 모습은 처음이었다. 몸에 꼭 맞는 검은 양복이 무척, 아니 지나치게 잘 어울렸다. 그에겐 캐주얼한 차림이 늘 어울린다고 생각했는데 그렇지만도 않았다. 흰 와이셔츠에 가느다란 검정 넥타이를 맨 그는 머리를 못 감았는지 머리카락이 조금 헝클어져 있었다. 그게 꽤 섹시하게 보였다.

그는 외아들이었다. 누나들은 서로 기대어 눈물만 흘리고 있었다. 머리에 새치가 희끗희끗 보이는 세 명의 사위들은 다소 경박한 몸짓으로 문상객을 맞았다.

나는 먼저 상주와 목례를 한 다음, 곱고 기품 있어 보이는 백발 할머니의 영정 앞에 국화꽃 한 송이를 올려놓은 후 두 번 절을 했다. 그의 눈매는 어머니에게서 물려받은 거였다. 상주와 서로 절을 하는데 어이없게 신랑 신부가 맞절이라도 하는 것 같았다.

"삼가 고인의 명복을 빕니다."

"와주셔서 감사합니다."

물기가 하나도 없는 인사를 주고받고 나오자 일하는 아주머니가 팔을 붙들더니 식사를 하고 갈 건지 물었다. 나는 어정쩡하게 떠밀려 상이 차려져 있는 방으로 올라갔다. 사람들이 없는 구석 자리에 혼자 앉았다. 자리에 앉자 곧바로 따뜻한 김이 모락모락 나는 흰쌀밥과 조미료로 범벅이 되었을 시뻘건 육개장이 내 앞에 차려졌다.

그의 아내를 찾는 것은 그리 어렵지 않았다. 검정 소복을 입고 머리에 흰 리본을 단 그녀는 단아해 보였다. 종종 그와 눈길을 주고받는 모습이 꽤 다정스러워 보였다. 그는 아내 곁을 떠나 문상객을 맞곤 했는데 그의 동선을 멀리서 보고 있자니 미처 몰랐던 그의 실체가 어렴풋이 눈에 들어왔다. 고등학교 동창쯤 되는 이들과 악수를 하고, 친인척 어르신들의 위로를 들으며 고개를 끄덕이고, 회사 동료처럼 보이는 이들에게 술을 따르는 모습이 새롭게 보였다.

나는 그가 중간중간 내가 있는 쪽으로 시선을 돌리는 것을 알고 있었다. 하지만 알은체하지 않았다. 출장의 피로도 풀리지 않은 상황에서 큰일을 겪은 그를 위로해주고 싶었지만 섣불리 그럴 일이 아니었다. 나와 시선이 마주칠 때면 그는 오히려 위로하듯 희미하게 미소를 지어주었다.

퇴근한 문상객들이 몰려오고 항불안제의 효력이 다해가는 게 느껴져 일어서야겠다고 마음먹고 있는데 꿈에 그리던 윤이가 내 곁으로 다가왔다. 흰색 면 스타킹에 검정 원피스를 입은 윤이는 스케치북과 색연필을 들고 자기 자리를 찾는 중이었다. 윤이와 나, 우린 그러니까 둘 다 똑같이 방치되어 있는 상태였다.

"꼬마 아가씨, 일루 와서 여기 앉아요."

나는 윤이에게 환하게 웃으며 손짓했다. 윤이는 주저하지 않고 내게 성큼성큼 다가왔다.

"와아…… 이거 직접 그린 거야? 대단한데. 이름이 뭐야?"

"윤이요. 장 윤."

"우리 윤이, 그림 잘 그리네. 이모도 그림 그리는 거 좋아하는데.

그림 그리는 거 한번 볼래?"

"와, 정말요? 멋지다."

윤이는 스케치북을 기꺼이 내주었다.

"뭐 그려줄까?"

윤이는 고개를 갸우뚱하기만 했다. 그 모습이 너무나 사랑스럽고 귀여웠다.

"아, 오늘 윤이가 너무 예쁘니까 윤이를 그려줄게."

아이는 아무 말 없이 내 옆에 찰싹 몸을 기대고 앉았다. 그 온기 가득한 무게감과 어린아이 특유의 비누 냄새가 내 심장을 아리게 했다. 윤이를 그리고 그 옆에 그를 그리고 그 옆에 또 한 여자를 그렸다. 그때 그림 속의 주인공 중 한 명이 여러 가지 느낌의 눈빛을 머금은 채 내게로 다가왔다, 드디어.

"정말 왔네."

흰 장갑을 낀 그는 며칠 밤 못 잔 얼굴로 조용하게 하지만 평소보다 빠른 어조로 말했다.

"힘들었지?"

"여기까지 뭐 타고 어떻게 왔어?"

"지금 윤이랑 뭐하고 있었어?"

질문이 쏟아졌지만 대답할 필요는 없는 것들이었다.

"술 한잔 주세요."

이젠 내가 말할 차례였다.

"술…… 마실 수 있겠어?"

나는 아무 말 없이 고개를 끄덕였다. 그도 말없이 빈 잔에 술을 따라주었다. 첫날밤을 맞이하는 신부처럼 그가 따라준 술을 목 안으로 넘겼다. '어서 집으로 돌아와요.'

그에게 그렇게 말하고 싶었다. 입으로 표현하지 않아도 그는 내 마음을 알고 있을 것이다. 검은색 상복을 빨아주고 며칠 씻지 못한 그의 몸을 직접 닦아주고 싶었다. 뿌리를 잃은 그 남자를 꼭 안아주면서 위로하고 싶었다. 그리고 오래도록 밤새 섹스를 하고 싶었다. 그렇게 그의 상실감과 슬픔을 말끔히 거두어주고 싶었다. 왜 그하고는 슬플 때만 그토록 섹스를 하고 싶어지는 걸까.

05

# 어떤 날
# 그녀들이

"뼛속까지 독신주의자는 아니에요.
그런데 우리 엄마는요, 나보고 굳이 결혼할 필요 없대요.
결혼해봤자 여자들만 손해라고.
경제력 있으면 연애만 하면서 사는 게 낫다네요.

회사로부터 삼 주간의 무급휴가를 받았다. 눈감아
줄 테니 그사이 눈치껏 다른 데를 알아보란 소린가? 지수는 회사가
이혼 조정 기간을 주는가 싶었다. 과로해서 쓰러진 자신을 배려하
는 차원이라고 하기엔 뭔가 석연찮은 구석이 있었다. 조 부장이 그
사이 무슨 수작을 부리려는 건 아닐까. 지난 정기 인사 때 지수만
차장으로 승진된 것이 영 못마땅한 조 부장이었다.
　　"이상한 오해는 하지 마. 지수 씨가 생각하는 그런 거 절대 아니
니까. 이 업계가 어떤 업겐지 지수 씨가 더 잘 알잖아?"
　　마케팅 팀 조 부장은 뭐가 그리 찔렸는지 묻지도 않은 정보를 퍽
이나 친절히 알려주었다. 그 남자는 팀 내 차석인 지수에게 꼭 저렇
게 거리를 두겠다는 듯이 '씨' 자를 붙였다.

조 부장에게 눈엣가시 같은 존재인 지수는 지난 한 달 동안에만
도 세 번이나 구급차에 실려가 미운털이 더 박혔다. 룸살롱에서 닥
터들 접대하다 반쯤 죽어서 실려 나갔으니 그럴 만도 했다. 제약 회
사 여직원이 룸살롱에서 접대하다가 과로사를 했다면 이 바닥에서
는 그야말로 재앙이 될 만한 일이었다.

밤 열한 시가 넘었을까. 재앙이 될 뻔한 사건이 일어난 시각 말이
다. 지수는 대학병원 의사 네 명이 양옆에 아가씨들을 끼고 앉아 다
른 대학병원 의사들을 씹고 있는 꼴을 보고 있었다. 그들과 다를
게 하나도 없는 주제에 뭐 묻은 개가 뭐 묻은 개 나무라는 격이었
다. 화제는 곧 가정에서의 섹스리스 문제로 옮겨갔다. 아니 언제부터
집에서 섹스하지 않는 게 공공연한 자랑거리가 되었지. 결혼한 사람
들은 당최 수치심이라는 게 없는가 보다.

"선생님, 저도 좀 있으면 시집가야 하는데 이렇게 제 로망을 왕창
깨버리시면 어떡해요."

지수는 접대 인생 칠 년에 어느덧 추임새의 여왕이 다 되어 있었다.

"으이구, 우리 최 차장아. 마음먹으면 아무 때나 할 수 있는 것 자
체가 내키지 않는 거야. 그런데도 이렇게 해줘, 저렇게 하지마, 왜 멈
춰, 뭔 요구가 그렇게 많냐고. 아주 상전도 그런 상전이 없어요."

평소에 지수를 잘 봐주던 닥터가 반쯤은 귀엽다는 듯, 반쯤은 안
쓰럽다는 듯이 말했다.

"그런데 최 차장도 시집을 가기는 갈 모양이지? 최 차장 같은 여자는 너무 잘나서 감당할 남자가 많지 않을 텐데……."

"그러니까 선생님이 괜찮은 레지던트 후배 하나 딱 집어서 골라주셔야죠. 제 타입 잘 아시잖아요."

"어머, 언니는 능력 있으셔서 남편 같은 건 필요 없을 것 같은데. 제가 언니 같으면 굳이 결혼 안 할 거예요."

룸살롱 바깥에서 만났으면 언니 동생 할 수도 있을 단발의 '루미'라는 아가씨가 지수에게 찰싹 붙어 앉으며 말을 걸었다. 지수는 '그래도 루미 양, 네가 나보다 세 배는 더 벌 거야, 그치?'라고 속으로 말했다.

"남자 분들한테 섹스는 여자들이 생각하는 애정과 상관없다면서요? 그러고 보면 남자 몸처럼 정직한 것도 없을 거예요. 본능에 충실하잖아요."

대기업 비서실에서 막 빠져나온 것처럼 연분홍 정장을 단정하게 차려입은 '수향'이라는 아가씨가 괜히 옆에서 거들었다.

"오오, 이 아가씨가 뭘 좀 아네. 바로 그거라구!"

제 편이라도 만난 것마냥 내분비 내과의는 슬쩍 수향의 가슴을 움켜쥐었다. 우리 모두가 지켜보는 자리에서. 하여간 남자들이란.

지수는 이런 상황이 불편하면서도 자신이 지금 이 순간을 즐기고 있는 건 아닐까 싶어 머릿속이 좀 복잡해졌다. 그나마 다행인 것은 자신이 접대 상대인 닥터들에게만 신경을 쏟을 수 있다는 것이었다.

처음 이 자리에 따라 나왔던 초년병 시절엔 의사들보다 '텐 프로' 아가씨들에게 더 신경이 쓰였다. 과장되고 작위적인 그들의 미모, 몸짓, 말투, 그 모든 것이 지수의 심기를 건드렸다. 아마도 비슷한 또래였을 그 아가씨들은 지수를 예민하게 의식하며 대놓고 콧방귀를 꼈다. 때로는 지수를 아예 투명인간마냥 무시하기도 했다. 그런 아가씨들과 경쟁하면서 닥터들의 주의와 관심을 끌어야 하는 일은 너무도 곤혹스러웠다.

몇 번 그런 경험을 하고 나자 지수는 이건 아니다 싶어 자기 점검에 들어갔다. 자신이 뭘 잘못하고 있는지 따져보고 생각을 고쳐먹었다. 그 아가씨들하고 똑같이 경쟁하면 어떡해, 그녀들을 이용해 먹어야지. 좀 논리적으로 생각하면 어디가 덧나니. 내가 닥터들에게 영업하듯 그녀들도 영업하는 거잖아. 입장은 다르지만 말이야. 그렇다면 협업을 해야지.

이렇게 생각이 정리되자 지수는 한없이 마음이 넓어졌다. 닥터 아니라 닥터 할애비가 아가씨들 가슴팍에 손을 집어넣어도 눈 하나 깜짝 안 하기로 작정한 것이다. 막말로 많은 돈을 주고 서비스를 받으면서 그 정도도 못 할 거면 미쳤다고 그런 데를 가겠는가. 이런 관점에서 보면 의사들의 위선도 눈감아줄 수 있을 것 같았다.

분위기가 달아올라 네 번째 회오리주가 돌 무렵, 지수는 지금 이

때가 화장실에 다녀올 타이밍이라는 것을 직감으로 알았다. 며칠째 피곤해 있어서 그런지 복도를 가로지르는 발걸음에 힘이 빠졌다. 화장실을 다녀오던 '루미'가 다시 방으로 들어가면서 말을 걸었다.

"언니, 괜찮으세요? 매실 주스라도 마시고 들어갈래요? 그런데 언니, 그 커트 머리 어디서 하신 거예요? 언밸런스한 게 그렇게 나오기 힘든데 완전 잘 어울리세요. 컬러링도 하신 거죠?"

지수는 자신의 헤어 디자이너 이름을 알려주고서야 그녀에게서 겨우 빠져나올 수 있었다. 지수는 화장실에서 볼일을 보는 동안에도 자꾸 무겁게 처지는 고개를 치켜드느라 힘들었다. 다시 룸 앞에 당도하는 순간 급격히 복부에 가스가 차는 듯하더니 숨이 답답하고 목덜미까지 뻣뻣해져왔다. 갑자기 다리에 힘이 쭉 빠졌다. 바깥 공기를 쐬면 좀 나아질까. 조 부장에게 양해를 구하고 먼저 자리를 빠져나가야 하나. 조 부장의 일그러진 표정이 눈앞에 선했다. 아, 어떡하지. 그때였다.

"쿵."

지수가 썩은 나무처럼 대리석 바닥으로 쓰러지고 말았다. 얼굴은 점점 벌겋게 부어오르고 동공은 초점을 잃었다. 그렇게 보이는 자신의 모습이 너무 싫었다. 그 와중에 지수의 머릿속에서는 그때의 악몽이 스쳐 지나갔다.

이 년 전 회사에서 사이판으로 세미나를 갔을 때였다. 여기까지

와서 그냥 갈 수 있어, 하는 마음으로 직원들이 단체로 스노클링을
하러 갔다. 눈코가 큼직큼직한 것에 비해 구강 구조가 지나치게 작
아서 그랬을까. 산소를 공급하는 호스를 입에 넣을 때 지수는 민망
하게 남자의 성기라도 억지로 쑤셔 넣는 기분이 들었다. 우엑, 구역
감에 형형색색의 물고기 따위는 구경할 엄두가 나지 않았다. 연신
헛구역질만 하다 바닷물까지 마시게 되자 갑자기 호흡이 곤란해지
기 시작했다.

"여기요! 헉헉!"

지수는 두 팔을 있는 힘껏 흔들어 가이드에게 신호를 보냈다. 그
런데 가이드는 지수가 즐거워하는 줄 알고 가볍게 팔을 한 번 흔들
어주더니 다시 저만치 가버리고 말았다. 절박한 순간에 초인적 힘을
발휘한다더니 지수가 그랬다. 곧 호흡이 넘어갈 듯한데도 지수는 필
사적으로 배의 밑창까지 다가갔다.

"나 좀 올려줘요. 빨리요……."

"과장님, 벌써 다 보셨어요? 왜요, 좀 더 구경하시지 않고."

몸에 힘이 남아 있다면 가이드 자식부터 오리발로 흠씬 두들겨
패주고 싶었다. 배에 오르고 나서도 지수는 좀 전의 상황이 어찌나
무서웠던지 구석에 앉아 한참 동안 꺽꺽 소리내 울었다.


역삼동 룸살롱의 차가운 대리석 바닥에 누워 있는 동안 지수는

이런 데서 이런 식으로 죽느니 차라리 그때 남태평양 한가운데에서 세상을 버리는 게 나았을지 모르겠다는 생각이 들었다. 심하게 가쁜 호흡은 제자리로 돌아올 기미가 보이지 않았다. 이러다가 영영 가버리는 건 아닐까? 그럴 순 없다. 지수는 엉금엉금 기다시피 해서 룸의 문을 열었다. 끈끈하고 매캐한 공기가 이마와 코에 와 닿았다. 이것 참 불쾌하구나 싶은 찰나, 지수는 룸 구석 자리에 앉아 있던 닥터의 무릎 위에 그대로 주저앉고 말았다. 젠장, 하필이면 가장 재수 없는, 순전히 일 때문에 만나야 했던 닥터였다.

"아니, 최 차장. 이거 왜 이래?"

분명 그것은 당혹해하는 눈빛이었다.

" 살… 려… 주세요……. 벼… 병원에……."

사력을 다해 입 밖으로 쉿소리를 토해냈다. 닥터의 눈을 올려다보며 손짓으로 목이 졸리는 시늉을 하자 그의 눈매에서 이내 프로페셔널한 광선이 뿜어져 나왔다. 의사는 의사였다. 그들은 신속하고 민첩했다. 한 사람은 재빨리 새끼마담을 시켜 119를 불렀고 다른 의사는 웨이터에게 비닐봉지를 가져오라고 해서 내 입에 대고는 호흡을 안정시키려고 했다. 구급차의 사이렌 소리가 역삼동 유흥가의 뒷골목을 흔들 때쯤 그들은 이미 사라지고 없었다. 그렇다. 접대는 계속되어야 하고 약은 계속 팔아야 했다.

"피 검사랑 소변 검사 해봤는데 별다른 소견은 없어요. 그냥 과로에 스트레스 누적 같네요."

뿔테 안경을 낀 응급실의 젊은 여자가 '내가 너보다 더 아프거든' 이라는 듯 심드렁한 어조로 말했다. 사실 지수는 타고난 건강 체질 인 데다가 자기 관리도 열심히 하는 여자였다. 비타민도 다섯 종류 를 매일 아침 꼬박 챙겨 먹었고, 가능한 한 자주 수영을 다녔다. 매 년 유방, 자궁, 위 검진을 받았다. 그랬던 자신이 이렇게 쓰러져나가 는 것을 도저히 받아들이기 힘들었다. 얼마 전에는 사무실에서도 픽 쓰러져 응급실에 실려 갔으니 덜컥 겁이 나긴 했다.

—어쩌다 또 그랬어, 괜찮아?

트위터에 다 죽다 살았다는 내용의 글을 올리자 맨 먼저 연락을 해온 것은 정원이었다.

—아니, 잘 모르겠어. 나 지금 케이티엑스 안이야. 전주 내려가고 있어.

—정밀 검사는 해봤어?

—아니, 나중에 다시 올라가서 해보려구.

―그럼 내가 아는 데 예약해놓을게.


휴식과 위로가 필요해 내려간 전주에서 지수는 홀로 사는 엄마에게 "왜 그러고 사느냐?"는 잔소리를 듣고는 서둘러 돌아왔다. 반년 만에 얼굴을 마주한 엄마는 사과를 깎아 내오면서 다짜고짜 물었다.

"그러니까, 정말 헤어진 거 맞는 거야?"

"맞다니까."

"……."

분명히 침묵은 묵직한데 지수의 눈에 엄마의 표정은 홀가분한 것처럼 보였다.

"왜, 어디가 안 맞았는데? 네가 또 까탈스럽게 군 건 아니구?"

딸을 보호하기보다 늘 공격부터 하는 엄마였다.

"그런 게 어디 있어. 그냥 안 맞는 거야. 그리고 오래 만나지도 않았어."

그 남자와는 삼 년을 친구처럼 알고 지내다가 석 달을 연인처럼 사귀었다. 지수는 몇 번의 연애 경험 후 차라리 온화한 우정으로 시작해 잔잔한 연애로 옮겨가는 것이 그 나이에는 더 적절하고 안전하다고 생각했다. 그런데 그 남자는 원래대로 친구 관계로 돌아가자고 했다. 지수는 그의 제안을 순순히 받아들일 수밖에 없었다. 한

쪽이 싫다는데, 뭘 더 어쩌겠는가. 한쪽의 마음이 식는 그 순간부터 이미 연애는 끝나는 것이다. 아니나 다를까 한 달 뒤, 문자메시지가 날아왔다.

―인연이 있으면 또 만나겠지. 그때는 환하게 웃으면서 인사할 수 있으면 좋겠다.

문자 덕분에 지수는 미적지근했던 미련을 한 큐에 정리할 수 있었다. 그래, 애초부터 걔는 너무 감상적인 구석이 있었어.

"그래? 좀 아쉽네. 너 시집갈 줄 알고 이 엄마는 슬슬 이것저것 준비하고 있었는데……."

엄마는 실망스럽다는 듯 눈을 질끈 감으며 혀를 찼다.

"엄마, 진짜야 그 말? 생활비 적게 보낼까 봐 내 결혼 탐탁지 않아 했던 사람이 누군데."

"기집애가? 내가 언제 그랬니? 아무튼 이미 끝난 일이니까 그 얘기는 관두자. 더 좋은 사람 나타나겠지, 뭐."

엄마와 자잘한 말다툼을 하고 있는데 정원에게서 이틀 뒤 클리닉을 예약해놓았다는 메시지가 왔다. 정원이 잡아놓은 클리닉은 강남 부자들이나 유명인들이 다니는 곳이었다. 정밀 건강검진 프로그램이 얼마나 인기가 많은지 제약회사 마케터인 지수로서도 예약을 쉽

게 하기 힘들었다. 내 사정도 듣지 않고 예약을 마친 정원이 대수롭
지 않게 말했다.

"거기 엄마 아는 분이 계셔서."

—병원 입구에 있어. 어서 내려와.

진료를 다 마치고 일층 화단 앞에 나와 있던 지수는 정원의 문자
를 확인하고 주차장으로 가서 자주색 아우디를 찾았다. 짙게 선팅된
차창이 열리고 선글라스를 낀 정원이 히죽 웃으며 손을 흔들었다.

"선생님 만나봤어? 어때, 괜찮지?"

정원은 재키 선글라스를 머리 위로 밀어 올리며 조수석에 올라
타는 지수를 반겼다.

"어, 좋으시더라. 그런데 너 가게 괜찮아? 이렇게 나와도?"

"어, 나 없어도 자~알 돌아가. 걱정 마. 네가 더 걱정이지. 뭐라시
니?"

정원은 그 하야니 곱상하고 귀티 나는 용모와는 달리 난폭하게
한 손으로 후진을 했다. 정원의 그런 모습은 여자 눈에도 완벽했다.
손이 닿으면 바로 베일 듯한 콧날, 깊고 긴 쌍꺼풀, 가지런히 정리된
눈썹, 흰 도자기 같은 피부. 갓 대학에 입학한 청순한 음대생 같았다.

"슬로다운 하래지, 뭐."

"우리도 이제 서른다섯 아니니. 조심조심 쉬엄쉬엄하라는 거겠지. 이참에 푹 쉬면서 몸 좀 추스려."

너도 가만 보면 문제 있더라. 늘 '바빠 죽겠어'를 입에 달고 다니잖아. 아무도 너한테 강요하지 않는데 일을 만들어요. 정원이 기회라도 잡았다는 듯이 지수의 아픈 곳을 파고들었다.

"그게…… 마음대로 안 되더라고. 안 잘릴 정도로만 슬렁슬렁 일하는 게 가장 어렵거든."

"아냐~! 네가 일을 몰고 다니는 주범이라니까!"

이런 화제만 나오면 지수와 정원은 늘 충돌했다. 지수는 사실 정원의 직업관에 수긍할 수 없었다. 피곤하게 직장으로 출퇴근할 필요가 없는 여자들. 하고 싶은 공부 다 하고, 그 공부를 군이 밥벌이에 써먹을 필요가 없는 그런 사람들과 직업관이 같을 수는 없었다.

정원이 직장 생활이랍시고 해본 것은 패션 잡지사에서 일 년간 인턴 기자로 지낸 것이 고작이었다. 그곳에서 그녀의 역할은 촬영할 때 쓸 옷과 액세서리를 빌리고 반납하는 일종의 퀵서비스 요원이었다.

"난 여자들 많은 데서는 일 못 해. 너도 잘 알 거 아냐. 차라리 남자들 많은 데가 낫다고. 여자들 모이면 말만 많고, 특히 노처녀들 많으면 음기가 아주……."

그 후로 그녀는 다시는 회사 조직으로 들어가는 일이 없었다고 했다.

정원은 부자 부모 밑에서 태어난 것은 행운이며 기왕이면 그 행운을 감사히 잘 써야 한다고 생각하는 스타일이었다. 아버지가 물려받은 유산을 건설업에 투자해 큰돈을 만지게 됐다고 정원이 집안 내력을 담담히 들려준 적이 있었다.

"우리 아버진 별로 배운 것 없이 돈 버는 데만 열중했어. 그래서 자식이 뭘 배운다고 하면 안 말리셔. 이 몸이 외동딸이잖니."

조직의 구성원으로 일하는 대신 정원은 취미 같은 일거리들을 여러 개 갖고 있었다. 그 일은 그때그때의 호기심을 충족시켜주기만 하면 되는 일들이어서 해도 그만 안 해도 그만인 것들이었다.

정원은 자신이 부자인 것을 굳이 숨기지 않았다. 억지로 평범한 척하지 않았다. 덕분에 지수는 이렇게 외제차 가죽 시트에 몸을 맡기고 편안하게 귀가할 수 있는 것이다.

"집에 가도 먹을 거 없지? 우리 가게 들러 밥 먹고 가. 너네 집 쪽으로 갈 일 있으니까 아예 데려다 줄게."

정원은 베이커리 카페의 여주인이었다. 그 카페는 대한민국에서 가장 유행에 민감한 트렌드세터들이 모여 산다는 동네에 있었다. 정원네 가게의 주 메뉴는 유기농 통밀로 갓 구운 빵과 샌드위치, 그리고 간단한 파스타였다. 그리고 한 켠에선 꽃을 팔기도 했는데, 사시사철 이국적인 꽃들로 장식돼 있어서 잡지사들의 촬영 장소가 되기도 했다. 그야말로 동네의 대표 카페였다.

인도네시아 롬복에 있는 그 리조트는 한국인에게 잘 알려지지 않은 곳이었다. 싱가포르 지사의 엠마가 강력 추천해준 데는 그럴 만한 이유가 있었다. 한적하고 깔끔하고 고급스러웠다. 미안한 얘기지만, 한국인들이 득시글거리는 곳은 딱 질색이었다. 아니, 그걸 미안해해야 할 이유는 없다.

비취색 수영장에는 파라솔 아래에서 책을 들고 누워 있는 백인들이 대부분이었다. 지수는 자신이 제대로 된 선택을 했다고 생각했다. 그때 입구 쪽에서 아슬아슬한 흰색 비키니를 입은 깡마른 동양 아가씨가 걸어오고 있었다. 중년의 백인 아저씨들 시선이 노골적으로 그녀의 가녀린 몸매를 훑어 내렸다.

처음 그 모습을 보았을 때 지수는 그녀가 영락없는 일본 여자라고 생각했다. 얼굴도 창백하리만큼 하얀 데다 그것도 모자라 흰색 비키니를 입고 있었기 때문이다. 하얀색 비키니는 늘 지수에게 묘한 느낌을 불러일으켰다. 백화점 명품 매장에서 간혹 얇은 흰 천 조각을 볼 때마다 대체 누가 저런 것을 입고 수영할까 궁금했는데, 여기서 만날 줄이야.

지수는 매끈하게 잘 빠진 까무잡잡한 다리에 자외선 차단제를 바르며 그 광경을 무심히 바라보다 자신이 입고 있는 검정 수영복을 점검했다. 몸을 완벽히 가리는 원피스였지만, 한쪽 어깨만 걸치는 언밸런스 스타일에 커다란 금색 버클 장식이 달려 있으니 노출이 적고 심플해도 섹시해 보였다.

지수는 정원을 바라보는 남자들의 시선에 찬물이라도 끼얹겠다는 듯이 풍덩 다이빙을 했다. 햇빛이 강해지기 전, 그러니까 태양열이 데워놓기 전의 서늘한 물속에 잠겨 있을 때 느끼는 기분 좋은 차가움을 지수는 좋아했다. 007 영화의 본드걸처럼 수면 위로 머리를 내밀 때 올백이 되는 개운한 느낌도 왠지 자신감을 주었다.

깊은 잠수로 수영장 바닥을 헤엄쳐가던 지수가 수영장 가장자리에서 고개를 물 밖으로 내밀자 그 하얀 비키니가 다짜고짜 말을 걸어왔다.

"저기……. 한국 분 맞으시죠? 괜찮으시면 제 일행인 것처럼 해주시면 안 될까요? 저 남자한테서 저 좀 빼내주세요, 네?"

금빛 털로 온몸이 덮힌 백인 남자가 벌겋게 익은 얼굴로 우리 쪽을 바라보며 히죽 웃고 있었다.

"아, 전 사실 외국 분인 줄 알았어요."

지수가 그 정도야 해줄 수 있다며 과장되게 웃으며 말했다. 일행처럼 보이기 위해서였다.

점심 식사를 위해 이탈리아 레스토랑으로 자리를 옮긴 두 사람은 부담스럽지 않은 크기의 피자를 시켰다. 정원이 감사의 뜻으로 사는 거라고 했다.

"혼자 여행하는 거 좋아하시나 봐요?"

정원은 반짝거리는 금속 담배 케이스에서 가늘고 긴 담배를 꺼내며 물었다. 그 모습이 오래된 골초 같아 보였는데도 그녀의 피부에서는 빛이 났다. 돈과 시간을 충분히 들인 부드럽고 매끄러운 피부였다.

"홀가분해서 좋긴 한데, 솔직히 심심할 때 엄청 심심하죠."

"맞아요. 여자 혼자 여행 다니는 거 쉽지 않잖아요. 혼자 밥 먹으러 다니는 것도 힘들고."

지수는 외모와는 달리 의외로 솔직하고 털털한 정원에게 호감이 갔다.

"어쨌든 지수 씨는 그 눈빛이 없어서 참 좋았어요. 뭐 피차 혼자니까 당연한가?"

"무슨 눈빛?"

"동정하는 눈빛 말이에요. 한국 사람들은 여행지에서 혼자 다니는 사람 보면 괜히 안됐다는 듯이 보잖아요, 왜."

"그쵸, 남이사……."

지수는 프로슈토 피자를 한입에 넣으며 호쾌하게 웃었다. 정원도 "맞아 맞아"를 연발하며 키득거렸다.

"참, 지수 씨는 외국에서 살다 오셨어요? 아님 교포신가요? 좀 분위기가……. 아까 보니까 영어도 잘하시던데."

까무잡잡한 지수의 피부에 잘 어울리는 베이지 색 니트 홀터넥

미니 원피스를 감탄하듯 바라보며 정원이 물었다.

"하하, 아뇨. 완전 토종이에요. 교포도 아니구요. 영어 좀 하는 건 외국계 회사 다녀서 그래요. 생긴 게 이렇다 보니까 외국 남자에게 시집가라는 소리를 듣긴 했어요. 그래서 그런지 남자들이 나한테 접근을 안 하더라고요. 내가 무섭나봐."

"한국 남자들이 못나서 감당을 못하는 거겠지. 근데 지수 씨, 그거 아세요? 외국 남자들 우리나라 여자 싫어해요. 드세고 자존심 강하다고. 지수 씨는 차라리 교포 남자가 어때요? 왠지 그쪽하고 잘 맞을 것 같은데……."

"아니에요, 저처럼 생긴 스타일은 교포 남자들이 안 좋아해요. 오히려 양갓집 규수처럼 생긴 정원 씨 같은 스타일을 좋아하지. 근데 그쪽 남자들은 여대 출신에 대한 환상이 있더라구요. 무조건 참하다고 생각하는 거 같아요. 특히 미대나 음대 나온 애들 말이에요. 걔네들도 한 시절 놀았으면 더 놀았던 애들인데……. 아, 정원 씨 얘긴 아니구요."

"하하, 아니에요. 저 이래 봬도 충분히 놀았어요. 그러고 보면 교포 남자들이 훨씬 더 보수적이란 말이야."

"결혼 생각이 있긴 있는 거네요, 정원 씨는."

이미 서로에게 나이를 밝힌 터라 죽이 척척 맞았다.

"뼛속까지 독신주의자는 아니에요. 그런데 우리 엄마는요, 나보고 굳이 결혼할 필요 없대요. 결혼해봤자 여자들만 손해라고. 경제력 있으면 연애만 하면서 사는 게 낫다네요. 그게 솔직히 정상적인 대한민국 엄마들이 할 소리는 아니잖아요? 후후."

"결혼과 연애는 별개다? 어머니 완전 신여성이시네요. 멋지다."

"그러는 지수 씨는요?"

"뭐 이래도 그만 저래도 그만인데, 회사 일이 워낙 바빠서 짬이 안 나요. 주변에 결혼 안 한 애들이 워낙 많아서 쫓기는 느낌도 없고 그러네요."

"초조해한다고 뭐 달라질 게 있나요."

"그러게요. 일찍 결혼해서 애기 낳은 친구들 만나면 다들 너무 일찍 했다며 후회막심이래요. 이런 말 하면 뭐 하지만, 오랜만에 만나니까 걔들 완전 아줌마처럼 삭은 거 있죠? 말도 안 통하고. 사는 세상이 완전 달라져 있더라구요. 시집가기 전 실컷 즐기라고 어찌나 강조를 하던지. 자기는 애 떼어놓고 여행 가는 게 소원이래요."

"그런데 혼자 노는 거, 그거 아무나 못하잖아요."

이국에서 마음 맞는 상대를 만나 떠는 수다는 하염없이 길어졌고 피자는 다 식어버렸다. 세 번째 칵테일로 솔티독을 주문하면서 정원이 말했다.

"전 지수 씨 처음엔 좀 경계했어요. 너무 세련되고 당당해 보이는 스타일이라서……. 사실 어떤 여자 분인가 궁금하기도 해서 그 백

돼지 아저씨 핑계를 댄 거예요."

지수는 속내를 털어놓는 정원에게 편안함을 느꼈다. 사람을 피해서 떠나온 외국 여행이었지만 친구를 만나고 싶었는지도 모르겠다는 생각이 지수를 안심시켰다.


그날 밤 두 여자는 벤츠 리무진을 빌려 타고 리조트 밖의 스파로 향했다.

"여기가 아무리 비싸도 리조트 스파보단 싸요."

"마사지 좋아하나 봐요. 정원 씨는 날씬해서 어디 하나 만질 데도 없어 보이는구먼."

"아니에요, 벗으면 달라요. 난 솔직히 이젠 섹스보다 마사지가 더 좋더라."

어둑어둑한 택시 안에서 정원이 창밖을 바라보며 키득댔다.

전통 의상을 입은 아가씨를 따라 들어간 마사지 침대 앞에서 지수는 면 가운을 벗고 알몸으로 누웠다. 아까 그 아가씨가 들어와 몸 위에 얇은 흰색 천 한 장을 덮어주었다.

"Wait a moment, ma'am(잠깐만 기다려주세요)."

그 아가씨는 조명을 조금 더 어둡게 하고는 방을 나갔고 마사지사가 인기척도 없이 들어왔다. 지수는 눈을 지그시 감고 몸을 편안히 맡겼다. 온기가 있는 부드러운 촉감이 허리에 닿았다. 그리고 길

쭉한 손이 등의 선을 따라 미끄러지더니 목뒤를 부드럽게 감쌌다. 나른함이 발끝까지 알싸하게 퍼져나갔다. 림프샘이 부어 돌처럼 단단해진 팬티 라인 부위를 한 땀 한 땀 정성스레 지압할 때는 이내 간지러운 쾌감이 온몸을 휘감았다.

"This okay, miss(괜찮아요)?"

지수는 흠칫 놀라 몸을 움츠렸다. 변성기가 채 오지 않은 소년의 브로큰 잉글리시가 들렸기 때문이다. 지금까지 남자아이가 내 몸을? 이왕 벌어진 일이었다. 그 아이가 앞으로 돌아누워야 한다고 했을 때 지수는 자포자기의 심정이 되었다. 그래 네 마음대로 해봐라.

소년은 그 마음까지 다 들여다보고 있다는 듯, 지수의 가슴 위까지 덮여 있던 천을 배꼽 아래로 자연스레 내렸다. 젖가슴이 드러났는데도 왠지 부끄럽지 않았다. 소년은 그런 게 존재하지도 않는다는 듯이 젖가슴 이외의 부분에 마로 된 천을 덧대가며 부드럽지만 묵직하게 눌렀다. 천의 위치를 바꿀 때마다 슬쩍슬쩍 유두의 민감한 끝부분을 스치는 내공까지 발휘했다. 지수는 몸속 깊은 곳에서 솟구쳐 오르는 한숨을 애써 참았다.

아이의 숙달된 손놀림에 아득하고 달콤한 졸음이 쏟아졌다. 마지막에 깜빡 잠이 들었던 것일까. 모든 것이 끝나고 조명이 다시 밝아졌을 때 이미 소년의 모습은 보이지 않았다. 기나긴 섹스를 방금 끝낸 듯 부끄러운 표정으로 라운지에 나오자 정원은 이미 푹신한 소파에 앉아 한쪽 다리를 꼰 채 뜨거운 실론 차를 마시고 있었다.

"참, 세상 불공평해. 우리나라 농촌 총각들은 예쁘고 어린 베트남 신부들 데려와서 사는데 왜 여자들은 예쁘고 마사지 잘하는 동남아 남자애들 못 데려오는 거냐고. 그렇지 않아요?"

정원이 나른하게 등 뒤 실크 쿠션에 기대며 지수에게도 뜨거운 차를 권했다.


"뭘 그렇게 쳐다봐?"

정원이 건물 주차장에 들어서면서 물었다.

"정원아, 근데 넌 왜 나한테 이렇게 잘해주니?"

지수의 느닷없는 질문에 정원은 진지하게 대답했다.

"넌 정말 열심히 사는 애잖아. 우리 엄마도 너 같은 애랑 친하게 지내면서 많이 배우라더라. 근데 그건 왜 물어?"

"아니, 그냥 고마워서."

"맞아, 넌 나한테 많이 고마워해야 돼. 웬만한 남자보다 내가 낫지 않니?"

"그건 그래."

정원의 너스레에 지수가 조금 웃었다.

"네가 너무 잘해줘서 당최 내가 결혼할 이유를 못 찾겠다."

"어머, 야~. 너 시집 못 가는 거 지금 내 탓으로 돌리는 거니?"

"아냐. 좋은 뜻으로 말하는 거야, 진짜야. 그리고 결혼은 뭘 모를 때, 이십대에나 덜컥 하는 거지. 사실 결혼해도 별 볼일 없잖아. 남편과 시부모 뒤치다꺼리밖에 더 하겠니."

"그래, 그러니까 더더욱 아프지 말라고!"

"그래야 되는데 뭔가 잘못 살고 있는 거 같아. 그래서 몸이 신호를 보내는 거 아니겠냐고? 혹시 암 같은 건 아니겠지?"

정밀 검사를 마치고 돌아가는 길이라서 그런지 지수는 다소 의기소침해져 있었다.

"아우~ 야~. 재수 없는 소리 하지 마. 너처럼 건강 챙기는 애한테 설마 암이 오겠니. 너 승진한 뒤로 너무 무리하게 달려서 그래."

"솔직히 나 정도면 꽤 열심히 사는 편이지, 그치?"

"너무 열심히 살아서 몸이 신호를 보내는 걸지도 몰라. 이참에 우리 간만에 여행이나 갈까. 내가 근사한 데 봐뒀거든."


베이커리 겸 플라워 카페는 티 나지 않게 멋을 내고, 티 나지 않게 서로 관찰하는 문화계 사람들로 웅성대고 있었다. 카페에서는 정원이 가장 좋아하는 보라색 장미향과 커피향이 감돌았다. 두 사람은 테이블 사이의 좁은 통로를 가로질러 주방 뒷문으로 연결된 별채로 향했다. 그곳에는 방이 두 개 있었는데 하나는 정원의 개인 사무실로, 또 하나는 꽃꽂이 스튜디오나 베이킹 스튜디오로 사용하고 있었다. 물론 기자들과 푸드 코디네이터들에게 아낌없이 선심 쓰는 장소로 활용하기도 했다.

"이것 봐, 이거 이거. 완전 환상 아니니?"

정원은 지수를 베이지 색 패브릭 소파에 앉힌 뒤 미리 접어서 표시해놓았던 미국 여행 전문 잡지를 건넸다. 검사를 받느라 노곤해진 지수는 폭신폭신한 소파에 혼자 앉아 정원이 던져주고 간 잡지를 의무감으로 훑어보았다.

'직접 기른 유기농 채소나 약초를 하루 세 끼 식단에 올리고…… 디톡스 프로그램과 다양한 명상 체험…… 자연 치유 요법과 인도에서 온 라이프 카운슬러의 개인 상담…….'

그야말로 럭셔리한 프로그램으로 짜여진 여행이었다.

"먹을 거 금방 만들어올 테니까 넌 여기서 좀 쉬고 있어."

정원은 꽃꽂이 강사 자격증과 양식 요리사 자격증도 갖고 있었다. 그녀는 직원에게 시켜도 되는데 직접 주방에 들어가 내 음식을 만들어오곤 했다. 정원이 스패니시 오믈렛, 새싹 샐러드와 유자 에이드를 올린 쟁반을 들고 오면서 "어때, 괜찮지, 괜찮지, 어?" 하고 물었다. 음식이 괜찮다는 건지, 여행 프로그램이 괜찮다는 건지 헷갈렸다.

"너 소화력이 떨어져 있을 거 같아서 밀가루 음식은 안 했어."

정말 불가사의할 정도로 정원은 과하게 친절을 베풀었다.

"얘, 너 나랑 같이 요가 안 다닐래? 스트레스에는 요가나 명상이 최고거든. 수영은 당분간 관둬. 몸에 차니까 안 좋을 수도 있어."

지수는 몇 달 전 정원을 따라 요가를 하러 간 적이 있었다. 그러나 명상은 십 초도 이어지지 않았다. 머릿속 상념이 수시로 그녀의 머리를 깨물었다. 그때 지수는 잡념을 통째로 지워줄 수 있는 격한 운동이 필요하다고 생각해서 수영을 시작했다.

"그나저나 여기 어때? 특급 스파 리조트인데 식단을 하루 세 끼 다 유기농 맞춤형으로 주나 봐. 스파 레벨도 완전 최고야. 대학원 기말고사 끝나면 좀 푹 쉬다 오고 싶은데 너도 한번 시간 맞춰봐. 올해 휴가는 얼마나 남았니? 아예 다음 주에 갈까? 시험은 될 대로 되라지 뭐……."

정원이 내친 김에 유리 탁자에 있는 탁상 달력을 집어 들었다. 그때 지수의 휴대전화 벨이 요란하게 울렸다. 710번으로 시작하는 회사 번호가 눈에 들어왔다. 회사 나갈 때는 하루에 오십 통 가까이 울려대던 전화기가 며칠 만에 너무 잠잠해져서 적응이 안 되던 차였다.

"최 차장, 너 듣자 하니 많이 아프다며?"

지수를 이뻐하는 실질적인 보스, 마케팅 총괄 염 상무였다.

"아뇨, 상무님. 많이 괜찮아졌어요. 죄송해요. 차기 연도 플랜 잡아야 하는 시즌인데……."

진심으로 하는 말이었다. 회사에 민폐 끼치는 짓은 하지 않아야 마케팅 팀에 붙어 있을 수 있다고 생각하는 지수였다.

"최 차장, 내가 오늘 전화한 건 다름이 아니구⋯⋯. 혹시 회사에서 쉬라고 했다고 오해하는 거 아니지? 물론 그럴 사람은 아니지만. 내가 지시한 거야. 우리 회사에서 오래오래 일해야 할 사람이니까 몸 상하면 안 되잖아. 제약회사 다니는 사람이 아픈 모습 보이면 그것도 웃기고, 그치?"

지수는 염 상무의 가지런한 하얀 이가 생각났다. 깊고 굵은 목소리가 마음을 건드렸다.

"네, 상무님."

"최 차장 몸 생각해서 쉬는 건 좋은데 이참에 어디 다른 데 알아보는 건 아니겠지? 그래 봐야 아무 소용없어. 내가 얼씬도 못하게 다 침 발라놨으니까. 아무튼 기왕 쉬는 거 푹 쉬라구."

사람을 아낀다고 표현하는 방식도 참 가지가지다. 지수를 뽑아 줄곧 챙겨주는 게 다른 사람들 눈에도 보였는지 지수는 염 상무 라인으로 통했다. 지수는 이 남자에게 대학생 딸만 없어도 연애를 해볼 만할 텐데, 하고 생각한 적이 있었다.

"그런데 말이야. 최 차장 없으니까 애들이 좀 헤매는 것 같더라⋯⋯. 실무자 중에 핵심 인물이 없으니까 그런가? 그래서 말인데⋯⋯ 어, 잠깐만. 조 부장 좀 바꿔줄게."

"어, 최 차장, 난데."

염 상무의 바리톤은 조 부장의 첫소리로 허탈하게 바뀌었다.

"잘 쉬고 있는 거지? 근데 최 차장 없어서 그런지 몇 번 사고가 터졌어…… 쉬는데 미안하지만…… 아니다, 내가 환자한테 무슨 소리냐. 아니 음, 최 차장 컨디션 괜찮으면 아무 때나 좋으니까 이번 주에 잠깐 와서 자료 좀 한번 봐주라. 아니면 애들한테 이메일로 보내라고 할까? 집에서 봐도 상관없구. 그리고 혹시 최 차장이 원하면 휴직 기간 단축해도 되니까 편한 대로 해."

내일 당장 나오라는 소리였다. 바로 이럴 때 '노'라고 말해야 한다고 아까 낮에 만났던 의사는 말했다. 지수에겐 지금 절대 휴식이 필요하다고. 그런데 웬걸. 조금 전까지만 해도 헤롱대던 지수의 뇌가 번쩍했다. 축 처져 있던 척추가 곧게 펴졌고 목소리도 낭랑해졌다.

물을 가지러 갔던 정원이 돌아오면서 물었다.

"뭐야, 회사에서 전화 왔어? 뭐야, 지네들이 쉬라고 해놓고……."

정원의 하얗고 예쁜 얼굴이 진심으로 화를 내고 있었다. 이 여자는 회사가 비인간적이라고 믿어 의심치 않는 것 같다.

"나, 잠깐 누울게."

지수는 몸을 소파에 뉘였다. 룸살롱 홀 바닥에서 느낀 것처럼 갑자기 몸이 지하로 빨려 들어갈 것처럼 피로감이 엄습했다. 몸은 웅크리고 누워 있는데 지수의 머릿속은 팽팽 돌아갔다. 이미 다음 날 벌어질 일과가 초고속 화면처럼 돌아가고 있었다. 정원은 지수의 표정을 다 이해했다는 듯이 투덜거렸다.

"뭐, 정 안 되면 여행은 다음에 너 쨤날 때 언제라도 갈 수 있는 거고…… 너 괜히 부담 갖지마."

워커홀릭 친구를 둔 게 다 자기 탓이라는 듯 정원은 지수를 살짝 안으며 어깨를 토닥거렸다. 힘없는 정원의 목소리에 묘한 안도감이 들었다. 근데 이 기분은 뭘까. 지수는 궁금했다. 내가 예민해서 그런가? 흥분된 상황이어서 그런가?

06

# 열정의 끝

"너도 몰랐지?
네 몸이 수시로 이렇게
미세하게 변해가는 거 말이야."

아이보리 색상의 브이넥 캐시미어 스웨터는 예상한 대로 몸의 곡선을 고스란히 드러냈다. 같은 색 팬츠를 입고 드레스 룸의 전신 거울 앞에 섰다. 우아하면서 드러내지 않은 듯 섹시해 보였다. 그 정도면 괜찮다고 거울 속의 표정이 먼저 인정해주었다.

귀걸이는 진주로 할까 다이아몬드로 할까 고민하다가 18K 금으로 장식한 얌전한 걸로 골랐다. 그에게 보석으로 지금의 나를 보여줄 필요는 없다. 마지막으로 백을 고르는데 석원의 이메일 내용이 떠올랐다.

—생일 선물 뭐 갖고 싶어?

여자친구에게 줄 백일 기념 선물이라도 묻는 듯 다정한 질문이었다. 나는 아무런 대답도 하지 않았다. 예나 지금이나 선물 달라고 조르는 건 익숙하지 않다.

또 서른여섯쯤 되면 퍼뜩 갖고 싶은 것도 생각나지 않는 법이다. 어떻게 들릴진 모르지만 물질적으로 나는 부족한 게 없다. 그나저나 무슨 선물을 준비했을까. 조금 여유 공간이 있는 백을 준비하는 편이 나을까.


늦은 오후부터 함박눈이 내린다는 예고가 있었다. 하지만 오전 열한 시가 조금 지났을 뿐인데도 벌써 눈발은 겨울 칼바람에 비스듬히 날리고 있었다.

차를 가지고 나가려다 모범 콜택시를 불렀다. 오늘 같은 날씨에 마음이 들떠서 운전하다가는 무슨 일이 일어날지도 모른다. 콜택시는 정확히 제 시간에 맞춰 내가 사는 평창동 빌라 앞에 도착했다.

"손님, S 호텔 가시는 거 맞죠?"

새치가 희끗희끗한 운전수가 거울을 보며 물었다. 나는 고개를 살짝 끄덕이는 걸로 대답을 대신했다. 괜스레 얼굴이 살짝 붉어지는 것 같았다.

세상 사람들이 다 알아보는 나 같은 사람이 국내 최고의 육성급 호텔에 가는 게 새삼 부끄러울 일은 아니었다. 그러나 조금 있다가 벌어질 광경이 머릿속에 떠올라 무의식적으로 표정이 바뀌었을 것이다. 나는 그가 그런 호텔에 묵을 수 있는 남자라는 것에 감사했다.

석원이 약속 장소로 정한 곳은 호텔 꼭대기 삼십오층에 있는 프랑스 레스토랑이었다. 가장 비싼 호텔의 가장 비싼 레스토랑이라. 약간 허세가 느껴지는 선택이었다. 어쩌면 나를 함부로 노출시키면 안 된다는 것쯤은 그도 알고 있었을 것이다. 한갓진 주택가 구석에 숨어 있는 이탈리아 식당에서 남자와 단둘이 있다가 알려지는 일이라도 생기면 골치 아파지니까 말이다.

엘리베이터는 순식간에 레스토랑에서 멈추었다. 웨이트리스가 나를 알아보는 것 같았다. 하지만 고급 식당의 직원답게 놀라움을 숨긴 채 창가에 맞붙은 개인 룸으로 공손히 나를 안내했다.

"일행 손님께서는 먼저 와 계십니다."

홀에서 대각선으로 보이는 그 룸은 커튼으로 반쯤 가려져 있었다. 석원이 신문을 골똘히 읽는 모습이 보였다. 짙은 녹색 터틀넥에 베이지 색 면바지를 입은 편안한 차림새였다. 허리를 구부정하게 하고 다리를 꼬고 앉은 나쁜 자세는 예전과 똑같았다. 머리카락은 자다 일어난 사람처럼 삐죽삐죽 뻗쳐 있었는데 신문을 읽으면서 한쪽 머리를 잡아 뜯고 있었다.

인기척을 느낀 석원이 신문을 접더니 점심 상대가 다가오는 모습을 뚫어지게 쳐다보았다. 웨이트리스가 내 겉옷을 맡아주는 동안 우리는 아무 말 없이 건조한 눈빛으로 재회의 인사를 나누었다.

그가 장난기 가득한 눈으로 위부터 아래까지 차례차례 내 몸을 훑어 내렸다. 발가벗은 내 몸을 스캔하듯이 쳐다보는 예전의 그 시선이었다. 저절로 척추가 곧게 펴졌다.

긴장했는지 숨을 들이마시자 가슴이 스웨터 밖으로 뛰쳐나갈 것처럼 위로 솟아올랐다. 그는 흡족하다는 듯이 수염이 거뭇거뭇해지기 시작하는 턱을 손가락으로 쓸었다. 그의 앞에선 이토록 속수무책이 되는 게 나라는 여자다.

"배고프지? 어서 골라."

자리에 앉자 메뉴판을 펼치며 지겹도록 함께 살아온 와이프한테 툭 던지듯 말했다.

"내 것도 네가 시켜줘. 나 배고파. 와인은 이미 내가 골라놨어."

그러고는 메뉴를 골똘히 보고 있는 나를 손가락으로 가리키며 웨이트리스에게 말했다.

"이 여자 분이 원하는 건 다 갖다주세요. 오늘 생일이거든요. 너 올해 몇 살이더라, 스물다섯?"

되도 않는 썰렁한 농담이었다.

"아, 축하드립니다. 사모님 좋으시겠어요."

우리 사이를 아무것도 모르는, 분홍색 볼이 터질 것처럼 싱싱한 웨이트리스가 추임새를 넣었다. 경쾌한 목소리만 들어도 그녀가 석원의 팬이 된 것을 느낄 수 있었다.


"지금 와줄래?"

그의 짧은 부탁, 아니 명령이 떨어지면 나는 그에게 달려갔다. 그때도 모범 콜택시를 이용했다. 내 형편에 버거웠지만 어쩔 수 없었다. 한시라도 빨리 그에게 가고 싶었다. 조금이라도 늦으면 만나주지 않을까 두려웠다. '내일 출근 시간에 맞춰 제때 일어날 수 있을까' '택시비가 너무 비싼데' 따위의 고민은 하지 않았다. 나는 그에게 푹 빠져 있었다.

"지금 올래?"

석원이 그렇게 나를 원할 때면 단숨에 달려갔다. 그가 내게 필요로 했던 것은 두 가지였다. 섹스와 음식. 섹스라면 내 몸이 가는 것만으로도 해결할 수 있었다. 하지만 음식은 달랐다. 만들어 가거나 사서 가거나 해야 했다.

그런데 그는 꼭 내가 택시를 타고 가는 도중에야 먹을거리가 생각났다는 듯이 그것을 말했다. 그럴 때면 그의 집 백 미터 앞 상가에 내려 그가 원하는 것을 샀다. 그것도 안 되면 그가 원하는 음식을 만들기 위해 식재료를 사가기도 했다.

그는 내가 도착하자마자 허겁지겁 나를 쓰러뜨렸고 내가 사다준, 내가 만들어준 음식을 맛있게 먹고는 흡족한 표정으로 코를 골며

잤다. 그런 그의 모습이 사랑스러웠다.

곤히 자는 그를 뒤로하고 늦은 시간에 귀가했지만 그를 보살피고 싶다는 마음과 보살핀 후의 충족감은 한결같았다. 나는 그때만큼은 완벽한 여자가 된 것 같았다.

"참, 이거 열어봐. 네가 아무 얘기 안 해서 내 맘대로 하나 골라 사왔어."

석원의 성급함은 익숙한 것이었다. 내가 승낙하지 않았는데도 그는 다짜고짜 자기가 하고 싶은 것을 했다. 그는 뭐든지 자기 손에 오래 붙들고 있는 것을 귀찮아했다. 선물 같은 걸로 시간과 감정을 낭비할 사람이 아니었다.

오리엔탈 무늬의 자기 팔찌였다. 물론 명품 브랜드였다.

"너무 예쁘다. 고마워요. 근데 너무 비싼 거 아니에요?"

"그 정도는 괜찮아. 어디 한번 해봐."

그가 고급스런 오렌지색 케이스에서 팔찌를 꺼내 직접 내 팔목에 채워주었다. 재회한 지 오 분도 채 안 돼 우리는 이렇게 다시 서로의 손을 잡았다.

"다행히 사이즈는 맞네. 마음에 드니?"

자신의 안목에 감탄한 듯한 표정을 지으면서도 석원은 내 팔목을 놓아주지 않았다.

"네. 무척."

"여자들 물건은 뭐가 그렇게 신경 쓸 게 많은지 원…….'

그가 수줍은 듯 딴청을 피웠다. 예전엔 어떤 선물을 줬을까 기억을 되살려봤지만 아무것도 생각나지 않았다.

"그나저나 당신 남편은 생일날 뭘 해주시나?"

그는 고개를 까닥까닥 흔들면서 말했다.

"아무것도."

석원이 듣기 좋으라고 한 소리는 아니었다. 그는 고개를 왼쪽으로 슬쩍 틀며 괜한 소리 하지 말라는 표정을 지었다.

"오빠는 지난번 아내 생일 때 멋진 선물 해줬어요?"

"해주긴 뭘 해줘."

"훗, 것 봐요."

"매달 충분히 뜯기고 있는데 뭘 또 선물까지 해."

"그러니깐요."

꼬박꼬박 말장단을 맞추자 그가 밉지 않게 째려보았다.

"너, 여전히 못됐구나. 유명해져서 좀 부드러워진 줄 알았는데 별로 변한 게 없네."

코스의 첫 접시, 참치와 관자와 캐비어가 나왔다.

"그런데 너…… 아까 들어올 때는 몰랐는데 좀 늙었다, 야."

그는 기분 나쁘지 않을 만큼만 남의 속을 슬슬 긁는 재주가 있었다.

"그럼요, 십 년 만인데요. 세월 앞에 장사 없잖아요."

석원이 어디 보자는 듯 내 볼을 만지려고 테이블 너머로 손을 뻗어왔지만 나는 백에서 뭘 꺼내는 척하며 고개를 돌렸다.

"참, 제 연락처는 어떻게 알았어요?"

뭘 그런 걸 묻느냐는 식으로 그가 틈도 안 주고 대답했다.

"너 유명 인사잖아. 그나저나 축하가 늦었다. 너의 빛나는 성공과 생일을 위하여."

그가 와인 잔을 내게 부딪혀왔다.

"근데, 서른여섯인가?"

"오빠 나이에서 네 살 빼면 되죠. 참, 오빠 회산 어때요?"

나는 내 얘기 말고 다른 얘기를 하고 싶었다. 그러나 그는 호락호락 넘어가지 않았다.

"회사가 다 그렇지 뭐. 우리 직원들이 다 네 팬이더라. 내가 아는 척 좀 했더니 어떤 사이냐고 꼬치꼬치 캐묻는데 혼났다 야. 좋지? 유명해지니까."

비아냥거리는 투는 아니었다.

"돈은 많이 벌었니?"

"아뇨. 그렇지도 않아요. 부자는 오빠잖아요."

"무슨 소리. 난 구멍가게 하는 거고. 네가 하는 일이 짭짤하지."

그는 식사를 하는 동안 사무적인 어조로 내 일에 대해 물었다. 그는 원래 여자와 일 이야기하는 것을 불편해했다. 지금도 별로 관심은 없지만 예의를 차리느라 묻는다는 것쯤은 직감으로 알 수 있었다. 그것이 가슴 한 켠을 서운하게 했다.

"예전에도 발칙한 구석이 있었지만 이렇게 확 그쪽으로 갈 줄은 몰랐어, 정말."

'그쪽'은 그의 말마따나 '딴따라'를 일컫는 말이다. 야박하도록 그는 일에 있어서만은 금욕적이고 보수적이었다.

"하긴 머리 좋은 애가 의외로 좀 괴짜이긴 했지. 물론 그거에 내가 반했지만. 아, 참…… 남편은 잘 있지? 무슨 일 하시더라?"

그가 변호사로 일하는 내 남편을 본 적은 없었다. 그냥 또 겉도는 질문으로 어색한 분위기를 무마하려는 거다.

"잘 있죠."

"오빠 와이프는요……? 가족사진 있으면 좀 보여주세요."

그는 스스럼없이 휴대전화를 꺼냈다. 고만고만한 사내아이 둘과 여자아이 하나가 정원에서 수영복 바람으로 소시지를 먹고 있는 사진이었다. 많은 것을 한 번에 보여주는 한 컷의 선택.

"와, 정원이 정말 좋아 보인다. 그런데 애기 엄마 사진은 없어요?"

"없어."

그 말이 나를 기쁘게 하기 위해 일부러 퉁명스럽게 내뱉는 것 같지는 않았다. 사실 나는 그녀의 사진을 볼 필요가 없었다. 이미 구글과 페이스북으로 확인했으니까. 한마디로 그 여자는 석원의 본질을 전혀 이해해줄 것 같지 않은 여자였다.

대기업에 취직을 했다가 엠비에이를 따라 건너간 미국에서 그는 디자인인지 영화인지를 전공하는 유학생을 만나 일 년도 안 돼 결혼했다. 그녀의 집은 믿어지지 않을 정도로 부자였다. 결국엔 그도 돈 많은 집의 멍청한 성형 미인과 결혼하는구나 싶어 한동안 실망했다. 나랑 그런 식으로 헤어질 거였으면 차라리 좀 더 괜찮은 여자랑 보란 듯이 결혼할 것이지. 이렇게 뻔한 공식대로 결혼을 하다니.

뭐해? 너도 보여줘야지. 그가 바로 그렇게 물을 줄 알았다. 물론 내게도 준비된 한 컷이 있었다. 그런데 그는 엉뚱하게도 더없이 상냥한 목소리로 물었다.

"수정이, 너…… 아이는 안 갖니?"

그 말이 내 저 깊은 곳을 흔들었다. 나는 석원이 질투하는 것이라고 느꼈다. 이 남자는 아직도 내가 다른 남자의 아이를 갖는 게 싫은 것이다. 일부러 천천히 와인을 음미하며 대꾸했다.

"언젠간 가져야지요. 그런데 지금은 일도 바쁘고……."

"그래도 그렇지, 네 나이도 있는데."

내가 아무 대답이 없자 우리 사이에 잠시 정적이 흘렀다. 그런 어색함을 전혀 못 느끼는지 그는 부드러운 송아지 조림 고기를 탐욕스레 입에 넣었다.

"그나저나 오빠 사업은 어떠냐구요?"

그 사업의 실질적인 오너가 그의 장인이고 그와 썩 좋은 관계가 아니라는 것은 알고 있었다. 그런 정보 따위는 한두 다리만 거치면 알 수 있다. 그는 눈을 가늘게 뜨며 네가 뭘 그런 것에 관심을 가져, 하는 눈빛으로 귀찮다는 듯이 대답했다.

"직원이 백 명도 채 안 되는데 매달 월급 챙기기도 힘드네. 나처럼 성질 급한 놈은 역시 경영을 하면 안 될 것 같더라. 여기 봐봐, 머리 휑하게 빠진 거."

그러면서 석원은 내 손을 덥석 잡고 자기 정수리에 갖다댔다.

석원은 어렵게 꺼낸 회사 이야기를 이어갔다. 나는 예전에도 그가 일 얘기 하는 모습이 좋았다. 그는 여자보다는 일을 더 좋아하는 남자였다. 일에 빠져 있을 때면 내면에 도사리고 있는 자기 파괴적인 것들을 잊는 듯했다. 자기 연민도, 타인에 대한 미움도, 쓸쓸함도.

그런 그의 모습에서 하고 싶은 것만 하면서 살려는, 자기밖에 모르는 남자를 봤다. 그런 남자가 자신을 잊고 잠시나마 여자에게, 아니 나에게 에너지를 쏟았다. 그때의 느낌을 경험해본 여자라면 그것이 얼마나 달콤한 유혹인지 알 거다.

그 저릿한 충만감에 취해 한때 나는 그가 부르면 언제라도 달려갔다. 아무 때나 만날 수 있게 준비한 채 그를 기다렸다. 그의 스케줄에 맞춰 살고 있는 자신이 바보 같다는 것을 알면서도 내 일보다,

내 친구보다, 내 미래보다 그가 더 중요했다. 맹목적이고 찰나적인 열정에 도취해 살던 시절이었다.

"그런데……. 너……. 안 본 사이에 많이 예뻐졌다."

그가 잡았던 내 손을 통명스럽게 놔주면서 말했다. 등골을 따라 좌르륵 전율이 일었다. 그가 얼굴에 엷은 미소를 띠면서 물었다.

"넌……. 나중에 이혼 같은 거 안 할 거니?"

나는 그렇게 또 다시 그의 조롱거리가 되어가고 있었다.


그의 벗은 몸이 떠올랐다. 석원 이전에 나는 남자의 몸을 제대로 본 적이 없었다. 숨어서 동면하듯 다리 사이에 끼워져 있던 석원의 그것을 처음 응시했을 때, 경악했다. 막연히 남자들은 불편하겠다고만 생각했던, 내 몸에는 없는 그것을 보고는 수치심이 울컥 올라왔다.

그는 나를 함부로 다뤘다. 매너를 갖춰 식사를 하는 그와 내 몸을 다루는 그는 다른 사람이었다. 빈틈이 없는 것은 똑같았지만 내 몸을 다룰 땐 배려라는 것이 없었다. 그는 섹스에 대해 갖고 있던 내 수치심과 금기를 하루빨리 걷어내기라도 하려는 듯이 덤벼들었다. 처음부터 밝은 곳에서 옷을 벗었고 벗겼다. 서로의 몸을 드러내놓고 오랜 시간 관찰하고 탐색하는 것을 좋아했다.

가끔 그는 내가 살고 있는 투룸에 오곤 했다. 그럴 때면 늘 짐방

겸 옷방으로 쓰는 곳에 나를 데려갔다. 그 어둑어둑한 방에서 창문 블라인드 사이로 스며드는 힘없는 햇빛으로 내 몸의 구석구석을 관찰하려고 했다. 내 흰 피부에 돋아난 가녀린 솜털 하나하나까지 음미하려 들었다.

어떤 때는 갓전등을 켜놓고는 벌거벗은 나를 전신 거울 앞에 세웠다. 그는 거울 앞에 책상다리를 하고 앉아서는 나를 자기 몸 앞에 앉혔다. 내 저항이 체념으로 바뀌면 그제서야 긴장이 풀린 내 두 다리를 자비심 하나 없이 거울 앞에서 벌렸다. 차마 거울을 똑바로 볼 수가 없었다. 부끄럽고 화가 났지만 완강하게 거부하지는 못했던 것 같다.

"너도 몰랐지? 네 몸이 수시로 이렇게 미세하게 변해가는 거 말이야."

그렇게 승기를 잡은 석원은 내 몸을 마음 놓고 유린했다. 장난감을 일부러 부쉈다가 다시 조립하는 개구쟁이처럼, 세상에서 가장 조심스러운 실험을 하는 과학자처럼. 그가 점점 더 대담하고 신중하게 내 몸을 연주하는 동안 내가 설정해놓은 선은 하나하나 무너졌다. 고통과 수치심은 흥분과 환희로 바뀌어갔다.

석원과 만나면 집 밖에 나갈 일이 없었다. 영화관도 공원도 미술관도 카페도 갈 생각을 하지 않았다. 친구들은 석원과 만나면서 내 눈빛과 분위기가 변했다고 말했다. 맞는 말이다. 나도 내 변화를 알고 있었다. 내가 석원과의 연애에서 헤어나지 못하자 친구들은 내게 준엄하게 경고했다.

"네 몸이 이용당하는 거야. 결국은 네가 망가질 거라구."

그러나 그들의 말이 하나도 귀에 들어오지 않았다. 오히려 그들이 불쌍해 보였다. 그들은 내가 경험하고 있는 환희의 순간을, 그 영원의 순간을 죽을 때까지 모를 테니까.

그날도 오늘처럼 눈이 흩날리던 날이었다. 스노 체인도 장착하지 않은 채 중고차를 끌고 그의 집으로 갔다. 한동안 만날 수 없을 거라고 일방적으로 말하고는 며칠째 석원이 전화를 받지 않아 잠자리에 들어도 잠이 오지 않았다.

얼마 전부터 나를 멀리하는 징후를 느끼긴 했지만 나는 인정하고 싶지 않았다. 종종 그는 무엇엔가 빠져 잠수를 타는 일이 있었다. 하지만 이번엔 감이 좋지 않았다. 바닥이 보이는 느낌이었다. 이쯤에서 포기해야 한다는 생각이 들었지만 이대로 헤어질 순 없었다. 한 번만이라도 더 그가 보고 싶었다. 그러는 나 자신을 어쩔 수 없었다.

시원찮은 히터 때문에 덜덜 떨면서 그가 나와주기를 기다리고 또 기다렸다. 초인종을 눌러도, 전화를 걸어도, 문자메시지를 보내도 그는 아무 응답이 없었다. 밖에서 기다리고 있는 것을 알면서도 그는 버텼다. 새벽녘이 돼서야 잠을 못 잔 얼굴로 현관 앞에 모습을 드러 냈다.

"당분간 못 만날 거라고 그랬잖아. 귀찮게 왜 이래? 너 이 정도밖에 안 되는 애야?"

입술이 파래져 오들오들 떨고 있는 내게 그는 오만 신경질을 다 부렸다. 그 처절한 굴욕 속에서도 나는 모욕감을 별로 느끼지 않았다.

"우리 그냥 계속 보면 안 돼요? 친구로라도 좋으니까."

정면으로 분노를 퍼부어도 모자랄 순간에 내 입에선 세상에서 가장 효과 없는 구걸, 사랑의 구걸을 하고 있었다.

"네? 친구로라도요."

추위 때문에 목소리가 덜덜 떨렸다.

"안 된다니까. 지금은…… 널 만날 수 없어."

팔짱을 낀 채 그는 경비실 쪽을 보며 작은 목소리로 또박또박 말했다. 경비 아저씨가 이 광경을 볼까 경계하는 그의 소심한 모습에 내 자존심은 더 상처를 입었다. 모질게 나를 짓밟는 그에게 어떻게든 앙갚음하고 싶었지만 정작 내 입에선 다른 말이 나와버렸다.

"그럼, 우리 마지막으로 한 번만 해요."

석원은 흠칫 놀란 표정을 짓더니 고개를 절레절레 흔들었다. 그러나 거기서 물러날 수 없었다. 나는 억지로라도 키스를 하려고 그에게 달려들었다. 그는 손바닥으로 내 얼굴을 밀치며 내 몸짓을 저지

했다.

"너 정말 미쳤구나?"

나는 서 있을 힘도 없었다. 바닥에 주저앉아 그의 무릎 앞에서 얼마간을 흐느꼈는지 모른다. 소리 내서 우는 것조차도 그는 허락하지 않았다. 이윽고 그는 도저히 안 되겠다는 듯 나를 무덤덤하게 끌고 빌라 안으로 데리고 들어갔다. 그다음부터는 어떻게 시간이 흘러갔는지 모르겠다. 석원이 두 번째 몸서리를 치고서야 나는 직성이 풀렸던 것 같다. 모든 것을 잃어버린 그날 아침 그의 집을 나서자 차가운 눈보라가 또다시 내 얼굴을 때렸다.


흩날리던 눈은 바람이 세게 부는지 점점 사선으로 떨어지고 있었다. 레스토랑에는 이제 서너 팀밖에 남지 않았다. 와인에 절인 송아지 고기 요리를 그가 남김없이 비울 때까지 나는 건너편의 무역센터 건물을 골똘히 바라보고 있었다.

"다 먹었니? 디저트 갖고 오라고 할까?"

말이 끝나자마자 두 명의 웨이트리스가 세 개의 초를 꽂은 생일 케이크를 조심스레 들고 걸어왔다.

"생일 축하드립니다~."

석원이 마지막 고기 조각을 페퍼 소스에 듬뿍 찍어 입에 넣으면서 말했다.

"너 휴대폰 줘봐. 후우~ 부는 거 찍어 줄게."

바보, 우리가 무슨 어린앤가. 그가 제멋대로 내 휴대폰을 빼앗아 가더니 어서 초를 끄라고 했다.

"노래는 안 불러줘도 되지?"

누구 앞에서 생일 케이크 초를 불어본 것이 얼마 만일까. 그가 억지로라도 사진을 찍겠다고 버티는 바람에 그의 요구대로 했다. 그렇게 그는 상황을 몰아갔다. 그가 찍은 사진을 보여주었지만 표정이 어색할 게 뻔해 보고 싶지 않았다.

"두 분이 같이 찍으세요. 저희가 찍어드릴게요."

참견쟁이 웨이트리스가 또 사람 좋은 미소로 나섰다. 석원은 정중히 거절했다. 그는 포크로 케이크를 한입 떠서 오물거렸다. 남자치고는 단 것을 좋아하는 사람이었다. 내가 허공을 응시한 채 반응이 없자 그가 말했다.

"그래, 너 단 거 별로 안 좋아했지. 억지로 먹지 마. 우리 나이에 배만 나오지, 뭐."

"아니에요. 지금 너무 배불러서요."

"케이크보다 우리 와인이나 한 잔씩 더할까? 차 갖고 왔니?"

대답을 듣기도 전에 비어 있던 내 와인 잔을 가득 채웠다.

"참, 너 오후에 많이 바쁘니? 난 오후 늦게 잡힌 미팅까지 시간이 좀 뜨거든."

그러면서 그는 계산서에 룸 넘버를 적고는 사인을 했다. 호주머니에서 잡다하게 뭔가를 꺼내더니 현금 이만 원을 웨이트리스에게 슬그머니 찔러주었다. 처음엔 마다했지만 번잡스러운 상황을 만들기 싫었는지 그녀도 순순히 받았다.

호주머니 속 내용물 중에는 2701호실 카드키도 보였다. 아마도 그 방은 비명 소리 하나 새어 나오지 않을 이그제큐티브 플로어의 스위트룸일 것이다. 그 층 투숙객들만 따로 이용하도록 되어 있는 전용 엘리베이터도 있을 터였다.

"다음 미팅까지 두 시간 정도 시간이 있으니까…… 방에 가서 쉴 건데, 넌 어때?"

그가 노골적으로 유혹했다. 아까와는 달리 그의 눈빛이 애잔하게 흔들리고 있었다. 그걸 감추려는 듯 그는 테이블 위에 꺼내 놓은 소지품을 계속 만지작거렸다.

나는 알고 있었다. 그와 다시 만나면 함께 잘 수 있을지도 모른다는 것을. 물론 그것이 그리 잘못된 일이라고는 생각하지 않았다. 그래서 차도 가져오지 않았고, 몸매가 가장 돋보이는 옷을 입었고, 대낮에 호텔에서 만나자는 것을 거절하지 않았다. 내 손을 만지도록 허락한 것도 그런 마음에서였다. 하지만 그는 모르는 것 같았다. 내가 얼마나 오래 이 순간을 애타게 기다려왔는지.

엘리베이터를 타기 위해 삼십사층 로비에 서자 대형 창문으로 햇

살이 쳐들어와 석원의 모습을 비추었다. 새치가 보이는 머리칼, 여전히 훌쩍 큰 키, 다부진 몸의 라인, 조금 완만해진 턱선. 무엇보다 다크 서클이 낀 것처럼 까만색을 띠기 시작한 눈자위를 난 놓치지 않았다. 그것은 이미 그가 커지고 있다는, 나만 아는 그의 몸 신호였다.

단지 두 사람뿐인데도 널찍한 엘리베이터 안은 답답하기만 했다. 공기 때문만은 아니었을 것이다. 내가 체감하는 마음속의 공기가 탁했기 때문일 것이다. 그는 넓은 엘리베이터에서 굳이 내 뒤통수에 그의 입술이 닿을 듯 말 듯 바짝 몸을 붙여왔다.

우리가 한때 이런 공간에서 저질렀던 숱한 일들을 기억하라는 몸짓 같았다. 몸에 각인된 기억들이 얼마나 깊었던지 내 엉덩이가 무의식적으로 경직되면서 위쪽으로 추켜올려지는 느낌이었다.

그는 내 어깨 너머로 카드키를 꽂고 이그제큐티브 플로어인 이십칠층 버튼을 눌렀다. 의도하지 않은 그의 뜨거운 입김이 내 목덜미를 건드렸다.

33······

32······

이제 선택권은 나에게 있었다. 도중에 같이 내리거나 그대로 일층 로비까지 가거나.

"난 이십칠층에서 내려야 해."

그가 또 한 번 보챘다. 나는 고개를 숙여 보일 듯 말 듯 미소로 대꾸했다.

29……

그때 나는 가볍게 고개를 들고는 그에게 손으로 작별을 고하는 시늉을 했다. 그의 표정이 급변했다. 불쾌감이 적나라하게 그의 얼굴에 깔렸다.

"너 진짜 못됐구나."

오늘 그는 두 번째로 이 말을 했다. 그는 아랫입술을 꽉 깨물고 있었다. 안에서 솟구쳐 오르는 분노와 본능을 억누르려는 모습이었다. 그는 이내 평정심을 되찾는 것 같았고 계면쩍게 아메리칸 스타일로 작별의 포옹을 했다.

내가 거부하지 않자 그는 큰 손과 굵은 손가락으로 내 뒷머리를 살짝 헝클어뜨렸다. 그게 그가 할 수 있는 전부였다. 이십칠층에 엘리베이터가 설 때까지 그는 나를 오래도록 그렇게 부둥켜안고 있었다. 그가 더 오래 나를 붙들고 있을수록 나는 서서히 식어갔다.


호텔 로비의 회전문을 열고 나오자 신선하고 차가운 공기가 내 얼굴로 달려들었다. 그 자리에 서서 나는 가슴 깊이 몇 번의 심호흡을 했다. 그래, 이걸로 된 거야.

차례차례 연이어 들어오는 택시기사들이 일제히 나와 눈을 마주치며 어서 타라고 신호했다. 나는 택시 문손잡이를 열려다가 다시 뒷걸음질 쳤다. 그리고 눈발에 시린 코를 찡긋하며 전화기를 꺼내 키패드 번호를 천천히 눌렀다.

　여보세요? 나는 수화기 너머로 그리웠던 그 남자에게 조용히 말을 걸었다.

07

# 크리스마스이브에
# 생긴 일

어딜 봐도 빠질 것 하나 없는,
누가 봐도 손해 볼 것 하나 없는,
그리고 무엇보다도 정밀 검사를 거쳐서 안전한,
이 남자가 지금 내 앞에 크리스마스이브의 기적처럼
짠하고 나타나 데이트 신청을 하고 있는 것이다.

가끔 진저리 치게 불안하다. 이대로 나이가 들면 어떻게 되는 거지? 결혼도 안 하고 아이도 없고 부모님까지 돌아가시고 나 혼자 할머니가 되어버리면. 정말 그때는 어떻게 될까. 내 나이 서른셋에 벌써 노후와 생계를 걱정하는 건 좀 아니다 싶다. 지금부터 걱정한다고 대책이 생길 리도 없다. 그나저나 통장 잔고가 삼천만 원이면 너무 적은 걸까? 계속 혼자 살게 되면 대체 몇 살까지 이 지겨운 회사 생활을 해야 할까. 내 입 하나 풀칠하며 사는 게 이리도 힘든 걸까. 앞으로 내게 인생 역전이라는 게 있을까.

아침 출근길 지하철에서 수현은 오늘 따라 유난히 상념에 시달리고 있었다. 이게 다 크리스마스이브 때문일 거라고 생각했다. 그

깟 크리스마스이브가 대체 뭐라고. 십이월 이십사일 오후 다섯 시부터 자정까지 일곱 시간 동안뿐이지 않느냐고. 그 시간만 꿀꺽 잘 삼키면 아무렇지 않게 새날은 오는 거다. 새날이 크리스마스라는 것이 문제이긴 하지만. 그러면서도 수현은 즐거워서 나쁠 건 없다는 평소 신념대로 재연과 호정에게 저녁이나 먹자고 약속해놓은 터였다.

크리스마스이브 날 사무실의 이 들뜬 분위기, 정말 싫다. 이런 날은 출근해도 일이 잘 안된다. 미친 듯 울리던 전화벨도 이상하게 이날은 조용하다. 직원들은 컴퓨터 앞에 앉아 메신저로 수다를 떨거나 회의실에서 삼삼오오 모여 커피를 마신다. 부서장들도 눈치 없게 회의를 소집하거나 군기를 잡으려고는 하지 않았다. 특별한 날인 만큼 적당히 일하다 눈치껏 퇴근하는 게 허용됐다.

수현이 수많은 파티션 벽을 거쳐 가장 끝 방에 위치한 해외투자 제작 팀에 들어서자 옆자리의 김 차장이 숨 돌릴 틈도 주지 않고 폰 사진을 코앞에 들이밀었다. 그녀의 두 딸이 크리스마스트리 앞에서 포즈를 취하고 있다. 빨간 펠트 천 조각과 비즈로 만든 천사, 산타, 쿠키, 양말 등이 트리에 오합지졸처럼 걸려 있었다.

"이 과장, 어때? 이쁘지? 올해는 큰마음 먹고 크리스마스트리도 만들어줬어. 이 조그만 것 하나 장식하는 데 왜 이렇게 돈이 많이 드니?"

"어머, 너무 귀엽네요."

수현이 싱긋 웃어주었다.

"역시 딸이 예뻐. 자기도 나중에 딸 낳아. 딸이 최고야."

그녀는 아들 못 낳은 콤플렉스를 곧잘 이렇게 표현했다.

수현은 김경민 차장의 사생활을 불필요하게 많이 알고 지내야 했다. 저녁 반찬은 기본이고 친정 식구들이 앓고 있는 병명에, 심지어 애들 담임 선생님 이름까지 알게 됐다. 이 여자는 정말이지 하루 종일 사적인 전화를 해대는 것도 모자라 틈만 나면 집안 얘기로 진을 뺐다.

김 차장은 넉넉한 유부녀 특유의 달짝지근한 느낌이 풍기는 투피스나 원피스를 즐겨 입는다. 거기에 고가의 명품 가방을 바꿔가며 들고 다닌다. 여느 아줌마와 다르다는 걸 알리려는지 겨울 한철 빼놓고는 스타킹을 신지 않고 일부러 맨 다리에 하이힐을 고집했다. 여자의 잘 빠진 종아리는 '스테이터스'를 상징한다나 뭐라나. 치과 의사 남편, 목동의 사십 평대 아파트, 월 이백만 원의 딸 사교육비. 그녀가 은연중에 드러내는 스테이터스다.

참, 또 있다. '내 일'을 가졌다는 것. 그것이야말로 그녀를 목동의 유한부인들과 차별화시키는 큰 무기였다. 김 차장을 볼 때마다 수현은 결혼해서 이런 유부녀가 되느니 차라리 노처녀로 늙는 게 낫겠다 싶을 때가 많았다.

"이 과장은 오늘 뭐해? 좋겠다, 싱글은……. 난 혹 달린 아줌마라 오늘도 들어가면 애들 뒤치다꺼리나 해야 하는데……."

이럴 때 피곤한 유부녀를 위로할 수 있는 방법은 스케줄 없이 방황하는 불쌍한 노처녀의 모습을 보여주는 것뿐이다.

김 차장이 일층 커피숍으로 아침 식사용 샌드위치를 사러 간 동안 부서장인 배동준 부장이 부랴부랴 출근했다. 이 콩알만 한 부서에 각기 두 살 터울의 과장, 차장, 부장이 있다.

"김 차장은 어디 갔나?"

납작한 서류 가방을 연극배우처럼 과장되게 책상 위에 던지며 배 부장이 물었다. 더 늦게 출근한 건 자긴데 항상 이런 식으로 모면하려 한다. 지각 대장 배 부장은 땡땡이 대장 김 차장을 늘 예의주시한다. 그녀만 없으면 흠을 본다. 김 차장 역시 배 부장 흠을 보는 건 마찬가지.

김 차장은 사원 시절부터 근무한 터줏대감인지라 전직해서 들어온 배 부장 눈에는 가시 같은 존재다. 하지만 함부로 건드릴 수도 없으니 짜증이 날 만도 했다. 수현이 보기엔 배 부장과 김 차장은 동종 혐오 증상이 있는 이란성 쌍둥이 같았다.

배 부장은 겉만 보면 아주 멀쩡한 남자다. 느끼해서 그렇지 생기기는 잘생겼다. 땅 좀 가진 부잣집 외아들이라는 소문도 있었다. 이름만 장황한 삼류대이지만 미국에서 대학을 나왔다는데 영어는 발음만 좀 굴릴 뿐이다. 읽기와 쓰기 실력은 확인할 길이 별로 없었다. 부서의 모든 문서 작업은 수현의 독차지였으니까. 수현은 이런 남자와 사느니 혼자 사는 게 낫겠다는 생각을 할 때가 많았다.

"아니 사장은 왜 이리 성질이 급한 거야?"

배 부장이 자리에 앉자마자 오버액션으로 목청을 높였다.

"왜요? 부장님?"

이렇게 물어달라는 소리였다.

"아니, 엘에이 출장 건 말이야. 일월 말로 늦춰졌는데 뭘 그리 서두르는지 모르겠어. 자료 리뷰한 다음에 내부적으로 일단 프레젠테이션 먼저 해보래. 어젯밤에도 퇴근하는 사람 붙들어놓고 두 시간을 떠들었다니까. 처자식 없다고 이래도 되는 거야?"

저는 처자식 있다고 집에 일찍 들어가지도 않으면서, 새 애인에게 잘 보이려고 퇴근 때마다 향수에 머리단장 새로 하면서. 정말 웃기는 남자다.

"뭐, 하시면 되죠."

"내가 어떻게 한국 사람들 앞에서 영어로 떠드니?"

배 부장이 입꼬리를 위로 올렸다.

"부장님, 영어 잘하시잖아요."

"그냥 똑똑한 이 과장이 할래? 작년에도 프레젠테이션 자료는 이 과장이 혼자 다한 거나 마찬가지잖아? 김 차장은 영어도 서툴고."

"아이, 부장님이 하셔야죠. 제가 뭘 알아요."

"참, 사장이 올해는 이 과장을 미국에 데리고 가자는데? 너 완전 칭찬하더라. 이 얘기 김 차장한텐 하지 마라. 또 삐칠라."

작년 영화제 출장 덕분에 수현이 근무하는 해외투자제작 팀이 살아남았다고 해도 과언은 아니었다. 고정 수입이 없는 부서가 처음으로 존재 이유를 증명하게 된 거다. 그때는 정말 고단했다. 거의 몇 주간을 매일같이 야근했고 문서 작성에 소질이 제로였던 부장과 차장은 오로지 수현을 관리 감독하면서 사장에게 일하는 것처럼 보이기 위해 매일 밤 남았다. 물론 그 두 사람도 함께 바빴다. 배 부장은 인터넷으로 고스톱을 치느라, 김 차장은 해외 쇼핑 대행 사이트에서 어린이용 폴로 원피스를 검색하느라.

수현은 직장 생활을 처음 시작할 때만 해도 게으르고 책임 떠넘기기 좋아하는 얍삽한 스타일의 남자 상사를 체질적으로 용서할 수 없었다. 몇 번이고 사표 쓸 생각도 했다. 하지만 그럴 때마다 배 부장은 더 기세등등해져서 상대의 기를 누르려고 했다.

"이수현 씨는 혹시 남자한테 피해의식 같은 거 있어? 왜 이렇게 지기 싫어해?"

따지고 보면, 남자에게 지기 싫어하는 성격 맞다. 못난 남자에게는 더더욱. 그래서 몇 번 욱해서 맞짱을 뜬 적도 있지만 사표를 던지는 짓은 더 이상 하지 않는다. 배 부장은 적어도 일에 있어서는 내가 하고 싶은 대로 놔두는 편이었다. 나 역시도 그가 속에 숨기고 있는 멍청한 마초 기질을 일부러 긁지 않으려고 암묵적으로 평화협정을 맺은 상태였다. '너 죽고 나 죽자' 식으로 살 필요는 없으니까.

"근데, 오늘 이 과장 멋진데. 역시 크리스마스라 다르긴 다르네."

배 부장이 앉아 있는 수현의 옆모습을 위아래로 느끼하게 훑어보며 말했다.

"저 원래 옷발 좋잖아요."

수현은 고개도 안 돌리고 무표정하게 대꾸했다.

"그건 그렇지. 이 과장은 키가 크니까 조금만 차려 입어도 모델 같아. 김 차장과는 차원이 다르잖아. 호오, 그런데 그 귀걸이는 좀 과하다. 이 과장, 그런 게 블링블링이라는 콘셉트냐?"

어휴, 저 밉상. 자신에게도 젊은 감각이 있다는 것을 과시하려고 유행어를 주워섬기는 게 배 부장이었다.

"예쁘게 차려 입은 자긴 오늘 뭐해?"

누가 자긴데? 게이 같은 말씨까지 골고루 밉상을 부렸다.

"그냥 친구들 만나 밥 먹을 거예요."

"그래. 집에 일찍 들어가지 마라. 부모님 측은해하신다."

"부장님은 뭐하시는데요?"

"집에 가서 애랑 놀아줘야지, 뭐."

다섯 살배기 아들과 놀아주는 게 고역이라며 일 없어도 회사에서 빈둥대는 분께서?

점심을 먹고 들어오자 깜빡깜빡 메신저가 말을 걸었다. 호정이었다.

―수현아, 넌 언제 나올 수 있니?

―뭐, 제 시간 채워야지.

―야, 근데 재연이한테 연락받았는데. 너네 우리 호텔로 온다고? 여긴
벌써부터 어린애들이 클럽 파티 한다고 난리도 아냐. 그러니까 광화문
파이낸스 빌딩에서 보자. 그담에 홍대로 넘어가든지. 대충 빠져나와서
이리로 와. 나랑 같이 이동하자.

호정은 특급 호텔의 연회 담당 코디네이터였다. 주로 결혼식을 맡
고 있었다. 수현은 스튜어디스처럼 생긴 호정의 섹시한 블랙 앤 화
이트 치마 정장 유니폼을 떠올렸다. 남의 결혼식만 뒷바라지하는 호
정은 자신이 결혼식 주인공이 되기를 학수고대했다. 서비스해주는
입장 말고 서비스받는 입장이 되고 싶다고 입버릇처럼 말했다.

―말도 마, 오늘 낮엔 웨딩 한 팀이 있었는데 정말 돈을 갖다 퍼붓더라.

나한테도 수고비로 봉투를 따로 챙겨주더라니까. 지배인 몰래 받기는
했지만, 그 신부 엄마 굉장히 불쌍하다는 표정으로 날 보더라. 아무래
도 그 돈 흔적도 안 남게 오늘 다 써버려야 할 거 같아. 안 그러면 십 년
재수 없을 거야.

―아유, 우리야 고맙지. 그나저나 빨리 사무실 뜨고 싶다. 일할 분위기
도 아니고.

―말도 마. 여긴 사무실 분위기 완전 암담하다. 로비만 나가면 별천지인
데 여기만 찬바람 부는 거 있지. 우리 부서는 젊은 애들도 어째 애인이
없어. 주말에 못 쉬고 만날 여기 처박혀 있으니 남자 만날 기회가 없나봐.

일하는 엄마 밑에서 외로워하며 성장한 호정의 소망은 예전부터
집에 있는 가정주부가 되는 게 꿈이었다. 능력 있는 남자한테 시집
가서 보란 듯이 결혼식을 올리는 것이었다.

호정과 수다를 떠는데 정이준 사장이 해외투자제작 팀 방문을 열
고 해리포터처럼 명석해 보이는 얼굴을 집어넣었다. 외국 영화를 배
급하고 간혹 한국 영화를 수출하기도 하는 중견 영화사 '스마일필
름'을 이끄는 정 사장은 하루 걸러 하나씩 망하는 영화업계에서도

꿋꿋이 버텨내 유능하다는 평을 들었다. 그가 요모조모 골라오는 마니아 취향의 유럽 영화나 일본 영화는 요란하지는 않았지만 그런 대로 알짜 수익을 안겨줬다. 한 '아트'하는 취향을 가진 그는 알고 보면 미국 유수 대학의 엠비에이 출신이다.

그런데 그렇게 잘난 정 사장이 왜 여태 싱글일까. 누가 묻는다면 아무래도 신체 조건을 말해야 할 거다. 그는 남자치곤 키가 유난히 작은 편이다. 물론 키가 커서 고민이던 내 짐작이니까 정확하다고 할 순 없다.

"아, 이 과장님. 배 부장님 어디 갔어요?"

어린 나이에 사장이 된 그는 직원들 호칭에 늘 '님' 자를 붙여 불렀다.

"잠시 자리 비우셨는데요."

배 부장은 식사 후에도 요상한 커피 약속이 많았다. 김 차장은 아예 사장에게 등을 돌린 채 통화 중이었다.

"들어오시면 사장님 들르셨다고 전할게요."

"아, 그래 줄래요?"

그는 소리 안 나게 살짝 문을 닫고 나갔다.


시곗바늘이 네 시 삼십 분을 가리킬 무렵, 배 부장이 짜증을 내며 파일을 한아름 안고 돌아왔다. 사장이 건네준 해외 마케팅 파일인 듯했다. 컴퓨터 앞에서 도를 닦고 있는 김 차장과 수현을 째려보던 그가 이내 그 서류들을 주섬주섬 들고 읽는 시늉을 했다. 곧이어 무거운 정적을 깬 것은 역시 나의 보스 배 부장이었다.

"야, 이 과장! 사장 퇴근했는지 망 좀 보고 와."

정 사장이 이 시간에 퇴근할 사람이 아닌지는 만천하가 다 알고 있었지만 그래도 배 부장은 행여나 확인해보고 싶은 모양이다.

방문을 열고 나가 보니 사무실은 휑했다. 간간히 전화로 수다를 떨거나 화장을 고치는 몇몇 여직원이 보일 뿐이었다. 우리 팀의 반대편 구석에 위치한 사장실 문이 조금 열려 있었다. 그 사이로 사장이 노트북 컴퓨터 화면을 응시하며 전화기를 붙잡고 있는 모습이 보였다.

"사장님 빼고는 거의 전멸인데요."

그 말을 들은 김 차장이 눈을 반짝이며 냉큼 가방을 들고 일어섰다.

"아유, 진작 좀 체크해주지. 이래서 우리 팀은 왕따라니까. 부장님, 저 먼저 들어가요. 이 과장도 어서 들어가지."

김 차장은 배 부장에게 대꾸할 틈도 안 주고 또각또각 부츠 소리를 내며 유유히 사라졌다. 배 부장은 김 차장에게 선수를 놓쳐서 열 받은 듯 혀를 끌끌 차다가 잠시 후 결심한 듯이 말했다.

"에잇, 모르겠다."

허겁지겁 퇴근할 채비를 하던 그가 폼으로 갖고 다니는 서류 가방에 파일 뭉치를 집어넣으려다 도로 뺐다. 그러더니 파일을 내 책상에 슬며시 올려놓았다.

"이거, 이 과장이 먼저 리뷰하고 있어. 쓸 만한 건더기가 많더라구. 미리 좀 봐줘. 주말 잘 보내고!"

후우, 정말이지, 이 사람들.

수현은 화장품 파우치를 들고 화장실에 가려다가 다시 자리에 앉아 메신저로 재연을 불러냈다. 라디오 작가 재연은 연초에 디제이가 해외여행을 가는 바람에 미리 특집용 원고를 써야 해서 바쁘다고 했다.


—재연아, 일 다 끝났니? 나도 이제 다 정리되는 분위기야. 내가 택시로 호정이 픽업해서 광화문으로 갈까 하는데…… 아예 우리 일찍 좀 볼까?


재연이 대화창에 들어오긴 했는데 어째 말이 없었다. 일이 미처 다 안 끝난 것 같다.


—그게 말이야…….


잠시 후 재연이 뭔가 석연치 않은 분위기로 말문을 열었다.

—민준이한테 갑자기 연락이 왔어.

재연의 전 남자친구였다.

—정말? 너네 안 본 지 좀 됐잖아.

—응.

—만나재?

—응. 걔 미친 거 맞지?

그녀가 먼저 선수를 쳤다. 띵동하고 올라오는 대화창 속의 그 말에 흥분이 배어 있는 것 같았다.

—걔 왜 그런대? 무슨 볼일로?

—그러게 말이야……. 아니, 지가 무슨 낯짝으로…… 괜히 찔러보는 거지. 걔가 워낙 나르시시스트에 우울 기질 있잖니.

민준은 재연이와 팔 년 동안 사귄 남자다. 그 말은 수현과 호정하고도 이래저래 팔 년 동안 얼굴을 본 사이라는 말이다. 평범하고 착한 남자였지만 의외로 고집이 강해서 한번 싸우면 동굴 안에 한참을 들어가 있어야 하는 아이였다.

그러나 두 사람은 팔 년간의 긴 세월 동안 그 어디에도 다다르지 못한 자신들의 관계에 지쳐 헤어지기로 했었다, 라고 말하면 좀 멋있겠지만 사실은 민준이 한참 연하의 다른 여자한테 한눈을 팔자 자존심 상한 재연이 그걸 받아들이지 못했다. 재연은 자신의 등을 떠밀어주기를 원하는지 점점 말줄임표를 늘어놓았다.

—너, 걔 만나고 싶구나?

—몰라……

—하긴 아직 미련이 남아 있을 거야. 그때 좀 갑작스럽긴 했어.

—내 청춘 다 바친 게 아까웠을 뿐이야……. 야, 그런데 민준이가 대체 무슨 말을 하려는 걸까? 난 그게 궁금해 미치겠어. 그나저나 호정이가 날 죽이려 들겠지?

—뭐…… 그렇지. 그냥 아프다고 해.


—수현아, 넌 화난 거 아니지?


—됐어, 기집애야. 민준 씨를 모르는 것도 아니고.


　수현은 자신이 재연 대신 호정한테 왜 연락을 해야 하는지 이유를 알지 못하면서도 휴대전화를 꺼내 번호를 찾고 있었다.
　"어, 수현아. 이제 출발할 거니?"
　수현의 귓가엔 호정의 목소리도 한 옥타브 올라가 있었다. 한번 안 좋아진 육감은 그대로 적중할 때가 많다.
　"재연이한테 연락받았니?"
　그냥 해본 소리였다.
　"아니, 왜?"
　"몸이 좀 안 좋은가 보더라. 그냥 집에 들어가서 쉬겠대."
　호정은 민준을 예전부터 한심하게 봐서 굳이 재연의 상황을 이야기해줄 필요가 없었다.
　"그래애애?"
　그녀가 끝마디를 이상하게 길게 발음했다. 안도했다는 듯이.
　"그래서…… 어쩔래?"

"뭘 어째. 재연이 그 배신자 기집애…… 죽었어!!!!"

호탕한 호정의 목소리에 수현은 조금 안도했다.

"그래, 오늘은 우리 둘이서 보자."

"수현아. 근데 말이야……."

"왜?"

"재연이도 그렇고 계획을 바꾸는 건 어때?"

"그게 뭔 소리야?"

"글쎄, 사실은 말이야 광용 씨가…… 연락이 왔지 뭐니."

아, 얼마 전 선봤다는 그 남자.

"그 목 짧은 남자, 반 곱슬에 곰보 피부라고 너 질색했잖아."

"어, 이브 파트너 구하다가 나한테까지 연락하게 됐나 봐. 그래서
말인데…… 너도 같이 볼래?"

선본 남자 흠을 열심히 보다가 이브 날 만나겠다는 게 찔렸던 모
양이다.

"내가 거길 왜 껴……. 미쳤니, 너?"

"뭐 어때, 우리 아직 사귀는 것도 아닌데. 돈 많다니까 벗겨 먹는
셈 치자."

수현은 크리스마스이브에 여자친구 따라 나온 불쌍한 노처녀가
되긴 싫었다.

"됐어, 너나 만나. 그렇게 보고 싶으면."

"하여간 재연이, 그 기집애가 나빠. 걔가 나왔으면 굳이 이 남자 만날 필요도 없는데. 솔직히 이런 날 술 진탕 마시고 꿀꿀한 기분 떨쳐버리고 싶었다구. 근데 여자 셋도 아니고 둘이서 마주 보고 술 마시면 더 이상하지 않니?"

호정의 말투는 점점 빨라지고 있었다.

"됐어. 네 마음 자알 알았다니까."

"아, 이러면 되겠다. 내가 얘기해서 네 파트너 하나 더 공수해보라고 할게. 엉?"

"아유, 됐어. 창피하게 그게 뭐야……."

"왜~? 그게 뭐가 창피해? 다 상부상조하는 거지. 잠깐 전화 끊어봐. 내가 지금 광용 씨한테 전화해볼게. 뭐 어떠냐, 이럴 때 서로서로 다리 놓는 거지."

"됐다니까……."

수화기 너머로 호정이 지친 듯이 한숨을 쉬며 말했다.

"수현아."

갑자기 호정이 정색을 하고 말했다.

"왜?"

"사실은 나…… 너희들한테 말 못했는데 이 사람 최근에도 좀 만났어. 처음엔 같이 다니는 것도 창피하고 그랬는데…… 갈수록 나한테 잘해주는 거야. 솔직히 폼 나는 전문직은 아니지만 그래도 자기 아버지네 중소기업 나름 안정적이고……."

"그래서 말하고 싶은 요지가 뭔데?"

수현은 점점 이 상황이 우스워지기 시작했다.

"새해 지나면 나도 서른넷인데 현실을 직시해야지! 나 좋다고 하는 남자들 수준도 앞으로는 점점 더 떨어질 텐데. 타협하자는 게 아니라 내 주제 좀 파악해보려고."

"그래, 그럼 그 남자 그냥 잡아."

수현은 짜증이 울컥 치밀어 책상 아래에 있는 다리를 덜덜 떨었다.

"뭐야, 너…… 그냥 남자면 아무나 다 만나라는 말투 같은데?"

호정이 오히려 성을 냈다.

"……."

수현은 다리 떠는 것을 멈추려고 힐을 벗고 의자 위에서 책상다리로 앉으려다 그만 수화기를 떨어뜨렸다.

"수현아, 어쨌든 열 받지 말고 지금 섭외 중이니까 쫌만 기다……."


바닥에 떨어진 휴대전화를 주우려고 몸을 숙이는데 문틈으로 이쪽을 향해 바삐 걸어오고 있는 정 사장이 보였다. 분명히 걷는 건데도 뛰어오는 것처럼 보였다. 키 작은 남자들이 빨리 걷는 이유가 서 있는 게 쪽 팔려서, 빨리 앉을 곳을 찾기 위해서라더니. 가뜩이나 작은 키에 오늘 따라 긴 코트를 입어서 그런지 정 사장은 아빠 코트를 입고 나온 소년 같았다. 그래도 수현이 아는 한, 그 어떤 남자보다도 똑똑하고 유능한 것은 분명했다.

"아무도 안 계세요?"

문 사이로 해리포터의 동그란 안경이 비집고 들어왔다.

"아, 많이 놀랐어요? …… 배 부장님 퇴근했어요?"

평소보다 더 부드러운 목소리로 사장이 말을 걸었다.

"아, 예…… 방금 전에 가셨는데요."

"어…… 그런데 왜 이 과장님이 그 파일을 보고 있죠? 내가 아까 배 부장님 보라고 준 건데……."

내 책상 위에 펼쳐놓은 파일을 보고 사장이 물었다. 그 선한 얼굴에 불쾌한 표정이 역력했다.

"아…… 그게……."

"벌써 여섯 시네……. 이 과장님 약속 기다리는 거예요?"

"아, 네……."

긍정인지 부정인지 알 수 없는 톤으로 말하자 정 사장이 단박에 물었다.

"이 과장님, 나 오늘 저녁 혼자 먹어야 하는데 같이 좀 먹어줄 수 있어요? 저녁 먹을 사람 찾으러 사무실을 한 바퀴 돌았는데 이 과장님 혼자 남았네요. 마침 드릴 말씀도 있고."

그는 평일에 야근하는 상황인 것처럼 말했다. 순간 수현은 정 사장의 눈빛에서 애절함을 목격했다. 사장은 얼마 전부터 호감 가는 직원에게 주는 시선 이상의 것을 수현에게 보내는 것 같았다. 수현이 그런 걸 못 알아볼 정도로 둔한 편은 아니었다. 사장의 그 눈빛을 보며 뜬금없이 수현은 자신에게 물었다. 과연 나는 이 사람을 좋아할 수 있을까? 저 핏기 가신 얇은 입술에 키스할 수 있을까? 이 남자랑…… 잘 수 있을까? 여자가 훨씬 더 키가 크면 어떻게 되는 거지?

　"저…… 실은 선약이 있는데요, 사장님."

　'있었는데요'가 정확한 대답이지만 사장의 반응을 보고 싶었다. 사장님, 당신이 나를 좀 더 적극적으로 원한다면 응할지도 모르겠어요, 라는 심정이었다. 사장은 몇 초간 실망하는 기색이었지만 금세 그것을 감추었다.

　"아 참, 오늘이 이브지. 젊은 분들은 당연히 약속이 있겠지요? 내 정신 좀 봐, 미안해요. 그럼 우리 다음 주에 찬찬히 얘기해요."

　그는 황급히 방문을 닫고 나가려다가 이내 다시 문을 열고 말했다.

　"아차, 이런 얘기하기 참 조심스러운데……."

　"예……?"

　"좀 신중하게 생각해줬으면 하는데…… 이 과장님 혹시 조만간 기획 팀으로 안 옮길래요? 거기서 이 과장님이 작은 조직을 새로

꾸려나가는 것도 괜찮을 거 같아요. 아직 배 부장님한테 얘기를 못했는데 지금 여기 부서를 내년 봄에 다른 부서랑 통폐합할 생각이에요. 그렇게 되면 여기 계셨던 분들은 행선지가 좀 나뉠 건데……아, 김경민 차장님한테는 아직 얘기하지 마세요. 좀 신중한 문제니까…… 이번 출장도 상황 봐서 이 과장님과 저만 가게 될지도 몰라요."

♪

거리로 나오니 칼바람이 얼굴을 강타했다. 수현은 정신이 번쩍 드는 듯했다. 내가 미쳤지. 사장이 나를 짝사랑한다고 멋대로 착각하다니. 그러면서 지레 겁먹고 밥 먹으러 가자는 제안을 거절하다니. 예민한 사장이니 내가 이렇게 착각한 것을 눈치 챘을지도 모르겠다. 갑자기 얼굴이 화끈 달아올랐다.

아니야, 그런 게 아닐 거야. 밥 먹으러 가자고 했다가 거절당하니까 괜히 일 핑계를 댔는지도 몰라. 아니지, 아니지. 미국 출장을 계기로 무슨 일이 정말 생기는 건 아닐까. 그렇다면 정 사장을 짝사랑하는 비서 언니는 어떻게 되는 거람. 호정이 오늘 밤 내가 한 짓을 알면 길길이 날뛰겠지. 행운을 제 발로 걷어차는, 주제 파악도 못하는 년이라고. 혼자만의 독백이 공기 중에서 제멋대로 날아다녔다.

사람들 많은 데를 피하고 싶어 택시라도 타고 싶었지만 집이 강북 끝자락에 있어서 그러지도 못했다. 길 막힐 게 뻔한데 택시비로 큰돈을 날리고 싶지는 않았다. 지하철을 타려면 명동 한복판을 가로질러 가야 했다. 평소에는 아이쇼핑도 하고 군것질도 하면서 퇴근길을 즐길 수 있지만 오늘은 사정이 달랐다. 명동은 쏟아져 나온 커플로 이미 북적이고 있었다. 그 속에서 수현은 인파에 홀로 떠밀려 가고 있었다.

'그냥 집에서 납작 엎드려 조용히 지내지 뭘 또 나왔니?'

'넌 이런 날 그 흔한 남자 하나 없니?'

환청이 들리는 것만 같았다.

사장이 돌아간 후 다시 호정에게 전화를 할까 하다가 말았다. 문자메시지도 체크했지만 호정에게서 들어온 건 없었다. 전화를 꺼버렸다고 생각하겠지? 그렇다고 이 판국에 먼저 전화 걸기는 싫었다.

호정은 자신에게 이득이 되는 것에 본능적으로 촉이 움직이는 아이였다.

"여자가 결혼할 때 조건을 내거는 게 그렇게 비난받을 일이니?"

호정은 그러면서 자기 입장을 정리해나가는 아이였다. 칠 년 연애하다 결혼해서 반년 만에 이혼한 친구 말이 글쎄, 막상 살아보니 가치관이 달라서 못 살겠더래. 대체 그동안은 뭘 봤다니. 무명의 아티스트랑 사랑에 빠진 어떤 애는 다들 말리는데도 진짜 사랑을 해본

194

적이 없어서들 그래, 하고 잘난 척하면서 결혼하더라고. 지금은 뭐라는 줄 아니? 지금 그 사람은 내가 사랑했던 사람이 아니야, 그러는 거 있지. 진짜 웃겨. 그때 하도 생난리를 치고 결혼해서 지금은 쪽 팔려 헤어질 수도 없대. 그러니까 연애결혼이라는 거, 그때만 반짝이야. 이 사람 아니면 죽을 것 같지만 겨우 이삼 년이야. 남은 인생 길다구. 속이 빤한 호정의 이런 얘길 듣다 보면 쟤가 왜 아직도 결혼을 못했을까 싶어졌다.

언젠가 함께 알던 친구가 호정이네 호텔에서 결혼한 적이 있었다. 그 친구랑 결혼한 남자는 부잣집 아들에 검사인가 변호사인가 했는데 호정, 재연, 그리고 수현이 식장에서 처음으로 신랑 얼굴을 보고는 모두들 경악해서 서로 얼굴만 쳐다보았다.

"정말 미안한 소리인데 나 같으면 아무리 돈 많아도 저런 남자랑 매일 밥 같이 먹고 섹스 같은 건 못 한다 정말."

재연의 말을 시니컬하게 받아 넘긴 것은 호정이었다.

"뭐, 이해가 안 가는 건 아니지만…… 얘, 그래도 말이야, 우리 식장에서 결혼한 커플들에게 기념일 때마다 뷔페 티켓 보내면 다시 찾아오는 사람들은 다 저런 커플뿐이야."

모든 여자들에겐 저마다 필요한 것이 다르다는 것을 이해해야 한다고 호정은 강조했다.

수현은 연애관과 개성이 첨예하게 다른 호정과 재연 사이에서 한쪽 편을 들고 싶은 마음이 전혀 없었다. 수현의 연애는 호정과 재연, 양쪽으로부터 줄곧 욕을 먹고 있었다.

"그러니까…… 네가 남자 보는 눈이 없어서 그랬던 거야."

일 년 정도 사귄 남자친구와 헤어진 뒤 재연이가 내게 말했다. 별로 잘난 것도 없는 남자친구를 둔 재연이가 할 소리는 아니었다.

"너 예전부터 이상형이 기무라 타쿠야였지? 그런 정신 상태 좀 문제 아니니, 솔직히?"

재연이 던지는 논리는 꽤 일리가 있었다. 수현은 공적으로 접하게 되는 못난 남자들은 어떻게든 밟아야 직성이 풀리면서 사적으로 만나게 되는 못난 남자들은 순순히 받아들였다. 웬일인지 루저 앞에 선 한없이 관대해지고 기꺼이 용서하는 자비로운 여자가 되어갔다.

수현의 취향은 어찌 보면 고약했다. 그녀가 관심을 보이는 남자들은 명함에 '실장'이나 '디렉터'라는 애매한 직함을 새기고 다니면서 여자들 '삥'이나 뜯는 비열한 인물들이었다. 그들은 공통적으로 아주 예쁘고 잘생긴 남자들이었다.

"너는 일도 잘하고 머리도 좋고 그만하면 인물도 괜찮은데 어째 남자에 관해서는 속수무책 바보가 되니. 우리 나이에 남자 얼굴 보리?"

두 친구의 의견이 유일하게 일치하는 부분이 수현의 남자 취향이었다.

"너, 남자는 무던하고 담백한 곰 같은 남자가 최고인 거야."

재연이 말했다.

"응, 기왕이면 돈 많은 곰."

호정이 지지 않겠다는 듯이 강조했다.


회사 정문에서 지하철역까지의 거리가 평소보다 훨씬 더 멀게 느껴졌다. 서서히 가는 눈발도 휘날리기 시작했다. 바람도 불고 어둑어둑해지는 바람에 더욱 을씨년스러운 분위기가 풍겼다. 배경음으로 여러 캐롤이 섞여서 질 나쁜 꿈을 꾸는 것만 같았다.

골목 모퉁이를 돌아 지하철역이 보일 무렵이었다. 누군가 수현의 어깨를 지그시 눌렀다. 어서 움직이라고 채근하는 행인인 줄 알고 눈을 흘기며 몸을 돌리니 수현을 보고 미소 짓는 남자가 있었다.

"수현 씨! 수현 씨, 맞죠?"

백…… 백우진이었다. 소개받은 지 일 년도 더 된 남자. 사귀었다고 할 수도 없고 안 사귀었다고 할 수도 없는 남자였다. 이래서 사람들이 크리스마스의 기적이라는 말을 쓰나.

우진은 흔히 말하는 '좋은 남자'였다. 그와 이야기를 하고 있으면 동성 친구와 얘기하듯 편했고 늘 마시던 커피도 훨씬 맛있었다. 문제는 즐겁고 기분은 좋은데 설레지 않는다는 것이다. 편안함과 공감보다는 설렘과 낯선 이질감이 수현에게는 더 섹시하게 느껴졌다.

그건 양보한다 쳐도 그의 '동글동글함'은 생리적으로 견디기 힘들었다. 머리통도 동글동글. 눈도 동글동글. 콧마루도 동글동글. 심지어 입술도 오동통 동글동글. 한번은 딱 붙는 청바지를 입었는데 엉덩이 두 짝도 동글동글. 그 바지를 입고 다리를 쩍 벌리고 앉았는데 그것도 동글동글.

"뭐야, 그거. 너 무슨 원형 공포증이라도 있는 거니?"

"음…… 그게 좀 각이 너무 없는 거야, 남자가. 각이 없다구, 글쎄."

친구들은 실신할 것 같은 표정으로 수현을 바라보았다. 그러면서 까다로운 수현의 잣대를 한없이 비웃었다. 우진은 당시 가장 비싸다는 오페라의 브이아이피석 티켓을 끊어놓고, 테이블이 하나만 있는 예약제 레스토랑을 예약해서 프랑스 코스 요리를 사주기도 했다. 난생 처음 남자로부터 받아보는 거창한 저녁과 일본산 명품 진주 목걸이에 수현은 기쁘다기보다 손발이 오그라들었다. 탁자 아래서 다리를 떨지 않으려고 얼마나 노력했는지 모른다.

수현의 집은 의정부에 가까웠고 우진의 집은 산본이었다. 그럼에도 데이트 후 수현을 자신의 은색 아우디로 집 앞까지 데려다주었다. 음악도 수현이 좋아하는 최신 팝 발라드 노래만 따로 모아서 들려주었다.

그렇게 잘해주고 잘 이해해주는데도 수현의 마음은 동하지 않았다. 수현은 진심으로 자신이 우진에게 푹 빠질 수 있으면 얼마나 좋을까 생각했다. 조금이라도 재연의 로맨틱한 마음과 호정의 냉철한 시선이 있었으면, 하고 얼마나 바랐는지 모른다.

하지만 석 달간의 고심 끝에 수현은 자신의 느낌을 따르기로 했다. 우진을 석 달 이상 만나면 자신을 잃어버릴 것만 같았다. 저 동글동글함에 짓눌려서 납작한 반죽이 되어버릴 것만 같았다. 그래, 문제는 마음이 아니라 몸이잖아. 내가 아무리 마음을 잡으려고 해도 몸이 말을 안 듣는데 어쩔 거야. 수현은 타협하지 말자는 결정에 도달한 자신이 조금 기특하기까지 했다.

'당신은 너무나 좋은 사람이지만 나와는 안 맞는 것 같다'가 공식적인 이별 메시지였다. 이런 진부한 멘트를 날리게 될 날이 오리라고는 생각도 못 했다. 그리고 우진에게 미안했다. 자신의 허접한 이별 통보를 저토록 객관적으로 괜찮은 사람이, 그것도 열심히 노력하는 사람이 받는 것은 내가 생각해도 불공평해 보였다.

그러면서도 수현은 우진처럼 선한 사람을 본능적으로 의심했다. 그동안 하도 이상한 남자들을 겪어서 그런 걸까. 우진처럼 선하고 좋은 사람들이 한번 눈 까뒤집으면 진짜 무서워진다는 걸 봐왔다. 그래서 우진이 수현의 집 앞까지 찾아왔을 때는 가슴이 덜컹 내려앉았다. 물론 우진은 이별할 때조차 좋은 사람이었다. 다시 만나는 게 부담스럽다고 하자 그는 창문에 대고 조용히 말했다.

"수현 씨 마음이 정 그렇다면 알겠어요. 그냥 마지막으로 수현 씨 얼굴 한 번 더 보고 싶었어요. 이젠 절대 찾아오지 않을 테니 안심하세요. 건강 잘 챙기구요. 회사 일 무리하지 말구요."


"와, 정말 우연이네요. 이 명동 한복판에서."

그의 동그랗고 두툼한 입에서 뜨거운 김이 모락모락 피어났다. 얼굴이 백면서생처럼 새하얀 것은 여전했다. 그런데 살이 좀 빠졌는지 동글동글했던 얼굴이 다소 날카로워졌다. 그러고 보니 저 두터운 입술에 딱 한 번 키스를 했던 적이 있었지, 아마.

"이게 얼마 만이죠?"

우진은 정말 아무런 사심 없이 어린아이처럼 들떠 있었다.

"그러게요……."

"어디 가시는 길이에요? 난 지금 집에 들어가는 길인데……."

인정하긴 싫지만 전과 달리 그가 조금 멋져 보였다. 수현은 그가 말하는 '집'이 부모님의 집인지 자신의 집인지 순간 궁금했다. 그사이에 결혼은 했겠지? 그는 너무나도 결혼을 하고 싶어 했고 서두르고 있었다.

"지금 어디 약속 있어서 가는 거예요?"

"저, 전……."

대답을 망설이자 그가 박력 있게 내 말을 가로막았다.

"이것도 인연인데 혹시 다른 약속 없으면 식사나 같이하면 어떨까요?"

속이 울렁거렸다. 이건 뭐지? 속에 있는 말을 걸러내지 못하는 게 수현의 중대한 단점이었다.

"우진 씨…… 그런데 결혼하신 거 아니에요?"

그는 무슨 소리냐는 표정으로 가뜩이나 큰 눈을 더 크게 뜨더니 유쾌하게 웃어댔다.

"아뇨…… 그럼 어떻게 밥 먹자고 해요! 저 아직 총각이에요, 보시다시피."

보시다시피, 라니. 뭘 어딜 어떻게 봐야 되는 거지. 수현은 잠시 호흡을 가다듬고 크리스마스이브에 닥친 선택의 기로에 대해 생각했다. 어딜 봐도 빠질 것 하나 없는, 누가 봐도 손해 볼 것 하나 없는, 그리고 무엇보다도 정밀 검사를 거쳐서 안전한, 이 남자가 지금 내 앞에 크리스마스이브의 기적처럼 짠 하고 나타나 데이트 신청을 하고 있는 것이다.

'Say, Yes.'

'Say. Yes.'

귓가에서 작은 천사들의 속삭임이 어지럽게 메아리쳤다.

수현은 결단을 내렸다.

"죄송해요, 우진 씨. 오늘은 친구들과 선약이 있어서…… 미안해요"

확신과 자신감이 넘쳐흘렀던 우진의 표정이 서서히 무너져 내렸다. 웃음을 머금었던 눈가와 입가가 다시 아래로 처지니 예전의 동글동글한 잔상이 남아 있는 듯했다. 그것이 수현에게 익숙한 안도감을 선사했다.

"아…… 그러세요, 저 그럼……."

우진이 명함을 건네주었다.

"부서가 바뀌었거든요. 연락처도 바뀌었어요."

한 단계 승진한 직함을 보여주려는 것일까.

"와, 우진 씨 그새 차장 승진하셨네요."

우진의 표정이 다시 조금 환해졌다. 그는 수현에게 언제라도 부담 없이 연락하라는 제스처를 취하며 수현이 지하철 역 입구 안으로 들어갈 때까지 눈으로 배웅했다. 수현이 계단을 내려가기 전에 가볍게 목례를 하자 우진은 크게 손을 휘저었다. 우진은 그렇게 친절한 남자였다.

지하철 인파 속에 파묻히자 수현의 입꼬리는 다시 자연스럽게 무표정한 일자로 되돌아왔다. 우진이 차라리 결혼했다면 수현은 자신의 결정을 후회했을지도 모른다. 놓친 남자는 아까운 법이니까.

불같은 연애를 한 뒤 결혼한 친구들이나 조건 하나 보고 결혼한 친구들이나 이 년 만 지나면 너나 할 것 없이 똑같은 소리를 해댔다. '독신이 최고야. 독립, 자유가 최고야. 싱글을 누려.'

하지만 혼자서 노후 계획이나 짜고 싶지는 않았다. 혼자 밥 먹는 것도 지겹고, 텔레비전 보면서 혼자 웃는 뒷맛도 싫다. 싱글 커리어 우먼이라는 허울뿐인 지위만 붙들고 살아가는 것도 이젠 질렸다. 그저 행복해지고 싶을 뿐인데…….

잊고 있던 휴대폰을 코트에서 꺼내 보니 호정으로부터 그사이 다섯 건의 문자와 두 번의 전화가 와 있었다. 수현은 잠시 우두커니 발걸음을 멈추었다가 다시 인파 속으로 떠밀리듯 들어갔다.

서두를 건 없다.

"왜 넌 너보다 약하고 못난 남자만 골라서 사랑하니?
너 무슨 콤플렉스라도 있는 거 아니야?"

08

친구 이상
애인 미만

뉴잉글랜드의 가을은 아름답다. 캐나다 국기에 그려진 큼지막한 단풍잎이 빨간색과 노란색을 자랑하고, 하늘은 물감을 풀어놓은 것처럼 파랗게 물들어 있다.

사람 사는 곳이 이 정도는 돼야지. 집보다 나무들이 많아 보이는 거리에서 중년 남자들은 흰 면양말을 바짝 올려 신은 채 조깅을 하고, 할머니와 할아버지가 손을 잡고 산책을 한다. 십대들은 치즈가 흘러내리는 피자 조각을 손에 들고 재잘거리며 몰려다닌다.

요한은 기분 좋은 미소를 지었다. 아, 참 좋다, 이런 거. 미국에 온 지 나흘째. 육아 휴직으로 회사를 쉬는 팀장을 대신해 프로젝트를 끝내놓고 장기 휴가를 냈다. 대기업이니 장기 휴가래봤자 고작 열흘이다. 요한은 뉴욕 소호에 하루에 백 달러나 하는 숙소를 잡고 이틀

간 무작정 거리를 산책하며 소일했다.

저녁에는 매일 한 편씩 뮤지컬을 보러 다녔다. 〈오페라의 유령〉을 볼 때는 눈물이 흘러 난감했다. 서울에선 별 감흥 없이 봤던 작품인데. 감정이 통제되지 않는 경험은 실로 오랜만이었다.

내친 김에 호텔로 돌아오는 길에 조금 비싸 보이는 레스토랑을 거의 충동적으로 들어갔다. 마침 트위드 재킷을 걸치고 갈색 가죽 구두를 신고 있어서 입장이 가능했다.

"예약은 안 했는데 한 사람 자리 있을까요?"

유대계로 보이는 안내인이 윙크를 하더니 "마침 두 분이 삼십 분 전에 예약을 취소했다"며 요한을 자리로 안내했다. 미디엄 래어로 시킨 스테이크를 먹고 와인 한 잔을 다 마시고 나서야 요한은 좀 전의 감상에서 빠져나올 수 있었다.


보스턴행 고속버스 안에는 대학생 몇 명과 독일인 중년 부부, 그리고 요한이 전부였다. 요한이 기차 대신 버스를 탄 것은 차창 밖으로 거리 풍경을 더 가까이 보고 싶어서였다.

요한이 보스턴이라는 도시에 처음 흥미를 갖게 된 것은 마라톤 대회 때문이었다. 좋아하는 일본 작가 무라카미 하루키가 쓴 보스턴 마라톤 대회 체험기를 너무 재미있게 읽었던 적이 있었다. 아직 초보지만 요한은 내후년 봄쯤에는 이 대회에 참가할 작정이다. 이번에는 눈으로 코스를 답사하는 선에서 만족해야겠지만.

　뉴욕에서 보스턴까지 다섯 시간 동안 버스를 타고 가야 할 다른 이유가 전혀 없는 건 물론 아니다. 보스턴까지 가서 만나야 할 사람이 있다는 얘기다. 대학 동창 마리다. 미국에 온 김에 안부나 물으려고 전화를 걸자 마리는 조금의 망설임도 없이 자기 집에서 지내라고 했다.

　스스럼없는 반응이 반갑고 고마웠다. 그러나 차창 밖의 가을 풍경을 쫓고 있는 지금 마리를 만나는 게 과연 잘하는 일일까 하는 의구심도 없지 않았다. 그냥 뉴욕에 계속 머무르겠다고 지금이라도 연락을 할까.

　요한은 대학 졸업 후 거의 이 년간 마리를 만날 기회가 없었다. 사학년 이학기부터 통신 회사에 인턴으로 출근하다 보니 자연스레 멀어졌다. 속된 말로 먹고사느라 연락 한 번 제대로 못했다. 하지만 마리는 이메일로 자신의 근황을 수시로 알려왔다. 뜬금없이 요한의 텅 빈 미니 홈피에 감정이 묻어나는 글을 남기곤 했다.

　종교학과를 졸업한 마리는 졸업 후에도 반년간 취직이 안 돼 매일 학교 도서관으로 출근했다. 가까스로 중견 유통회사 경영지원팀에 취직됐는데 '이런 시다바리 짓을 평생 해야 해?'라며 회사를 그만두고 다시 학교로 돌아갔다. 공무원 시험과 언론사 시험을 동시에 준비하느라 나름 바빴다고 마리는 간간이 소식을 전했다.

하지만 마리에겐 치명적인 단점이 있었는데 바로 뒷심 부족이었다. 뭐 하나 제대로 마무리를 지은 적이 없었다. 취업을 코앞에 둔 대학교 사학년 때만 해도 갑자기 사진에 빠져 카메라를 사네, 렌즈를 구하네 하더니만 금세 열정이 식었다. 사진 전공하는 남자와 깨지면서 언제 사진에 관심이 있었냐는 듯 흐지부지해졌다.

그래서 마리가 '나 보스턴으로 어학연수 가'라고 덜컥 메일을 보냈을 때도 요한은 그리 놀라지 않았다. 사람 참 안 변하는구나 싶은 마음에 한마디 해주고 싶어 전화를 걸긴 했다.

"너 영어 실력, 나보다 낫잖아. 그냥 국내에서 해."

백수로 지내는 마리에게 차마 '어학연수는 회사에서 돈 다 대주면서 보내줄 때나 가는 거야'라는 말은 하지 못했다.

"그래도 더 잘하면 분명히 도움이 될 것 같아서."


요한이 처음 마리를 알게 된 건 이학년 일학기 경제학개론 강의에서였다. 강의 첫날 정한 좌석에 학기 내내 앉아야 하는 그 수업에서 마리가 내 옆에 앉게 됐다. 종교학과 학생인 마리는 그때도 '숫자 개념을 잘 이해하면 분명히 도움이 될 것 같아서'라는 이유로 경제학 과목을 택했다고 했던 것 같다.

헌데 세 번째 수업부터 그녀는 올망졸망하게 생긴 얼굴을 일그러뜨리며 딴청을 부리기 시작했다. 무슨 얘기인지 하나도 모르겠다는 표정이었다. 중간고사를 앞두고 함께 수업을 듣던 학생들이 요한의 노트를 복사하려고 다가오자 마리가 요한에게 먼저 말을 걸었다. 그 길로 요한은 자연스럽게 마리의 경제학 개인 지도를 맡게 되고 말았다.

오전 열한 시 수업이라서 두 사람은 자연스레 점심을 함께 먹게 되었다. 마리나 요한이나 친구들과 무리 지어 다니는 것을 거추장스러워하는 타입이어서 별 불편이 없었다. 학기가 바뀌어 각자 다른 수업을 듣게 됐을 때도 열두 시 십 분에 만나는 게 무슨 일과처럼 되었다.

그런데 어느 날부터 마리가 아무 말도 없이 식당 입구 자판기 옆에 있는 벤치에 나타나지 않았다. 마리가 연애를 하기 시작한 것이다. 미리 약속을 하지 않으면 캠퍼스가 워낙 커서 우연히 만날 일도 없었다. 그렇게 한순간에 마리는 요한의 일상 속에서 자취를 감추었다.

요한은 혹시나 해서 혼자 일주일 동안 구내매점에서 사 온 차가운 김밥과 커피우유를 그 벤치에 앉아 먹었다. 지나가던 아이들은 안쓰러운 표정으로 요한을 보기도 했지만 전혀 개의치 않았다. 그것이 마리에게 보일 수 있었던 요한의 마지막 성의, 조용한 저항이었다.

"안녕? 너무 보고 싶다. 우리 어디서 볼까?"

마리는 석 달 만에 이런 식으로 전화를 걸 수 있는 맹랑한 아이였다. 요한은 마리를 다시 만나게 됐을 때 자신의 심경을 솔직히 말했다.

"너 그렇게 하루아침에 사라져버리는 건 예의가 아니다. 다음부터는 그러지 마. 걱정하게 되잖아."

마리에게 자상하게 대해주는 자신의 모습에 누구보다도 놀란 것은 요한 자신이었다. 요한은 일주일에 최소 한 번은 만나서 밥을 먹거나 차를 마시자고 제안했다. 무슨 권태기에 빠진 중년 부부도 아니고. 마리의 입장에서는 손해 볼 제안이 아니었다. 마리에겐 늘 자신의 이야기를 들어줄 사람이 필요했으니까.

그때부터 요한은 좋으나 싫으나 마리의 연애 카운슬러가 되었다. 마리에게는 여자친구가 별로 없었다. 도저히 고쳐질 것 같지 않은 허풍쟁이에 외톨이였고 가끔은 자의식이 충만하다 못해 과대망상 증상까지 있었으니 같은 여자라면 그걸 받아줄 수 없을 게 분명했다.

그 증상은 연애를 할 때 더 극단적으로 나타났다. 남자친구와 사소한 말다툼이라도 벌였을 때는 먼 허공을 바라보며 누군가에게 쫓기기라도 하는 것처럼 퍼렇게 질린 얼굴로 허겁지겁 캠퍼스를 뛰어다녔다.

그러다가도 연애의 환희와 기쁨에 사로잡혀 들어주기 민망한 애

기들을 주절주절 늘어놓았다. 그런 마리가 요한의 눈에는 한없이
나약하고 위태로워 보였다.

　마리는 자신에게 늘 자상하고 섬세하게 배려해주는 요한이 오빠
처럼 여겨졌다. 그래서 괜찮은 여자를 보면 늘 요한에게 소개팅을
시켜주려고 했다.
　중간 키에 갸름하고 단정한 얼굴, 작지만 총명해 보이는 눈, 조금
차가워 보이는 은색 안경테, 여자처럼 부드러운 피부, 결이 고운 머
리카락. 무엇보다 부드러운 저음의 목소리가 매력적이어서 어디에
내놓아도 괜찮은 남자였으니까. 하지만 마리의 태도는 애매할 때가
많았다.

　―어때, 맘에 들어? 너무 무리하진 마.

　여자가 봐도 괜찮은 여자를 요한에게 소개시켜주고서는 삼십 분
이 채 지나기도 전에 이런 얼토당토않은 문자메시지를 보냈다. 남 주
긴 아까웠던 것일까.
　불행인지 다행인지 요한은 마리가 소개시켜주는 여자들과는 몇
번 만나다 관뒀다. 그럴 때마다 마리는 내심 안도의 한숨을 내쉬는
것 같았다. 마리는 혹시 자신이 요한을 좋아하는 게 아닐까, 자문하

면서도 심각하게 생각하지는 않았다.

마리는 이미 다 끝난 연애를 되돌리고 싶을 때마다 요한의 상냥함과 자상함이 그리웠다. 아, 이럴 때 요한이 저돌적으로 접근해오면 모르는 척 넘어가줄 텐데. 하지만 마리의 온도가 뜨거워져 있을 때 요한은 차가웠다.

요한은 마리에게 여자 이야기는 절대 하지 않았다. 그가 사귀는 여자는 심장인지 신장인지가 안 좋았고 그래서 학교 수업도 자주 빠졌다. 가끔 지나치다 보면 그 여자는 핏기 하나 없는 얼굴을 생머리로 반쯤 가린 채 유령처럼 걸어다녔다.

'왜 하필 저런 여자를? 너 자선사업하니?' 마리는 요한에게 한마디 해주고 싶었지만 그럴 입장은 아니었다. 요한이 아까워도 너무 아까워 속이 상했다. 음침하고 건강하지 않은 그 여자가 요한의 선하고 밝은 기운을 다 빨아먹을까 두려웠다. 그러면서도 요한에게 왠지 사귀자는 말은 할 수 없었다.


마리도 사돈 남 말할 처지는 못 되었다. 아무리 좋게 봐도 마리가 남자를 보는 눈은 한참 이상했다. 욕망만 많고 실력은 부족한 아티스트 지망생, 장남 콤플렉스에 외고집으로 똘똘 뭉친 머리 나쁜 고시생, 사람 만나는 걸 피하는 우울한 문학청년. 남들이 고개를 절레절레 흔들 법한 남자들을 마리는 참 잘도 골라서 사귀었다.

"왜 넌 너보다 약하고 못난 남자만 골라서 사랑하니? 너 무슨 콤플렉스라도 있는 거 아니야?"

누군가 이런 말로 공격한다면 마리는 이렇게 궤변을 늘어놓을 것이다.

"왜 여자들은 자신들보다 강한 존재에게 보호받으려고만 애쓰는 거니? 그편이 도리어 불순해."

좌충우돌 우왕좌왕하는 연애질을 계속하면서도 마리의 마음속에는 늘 요한이 자리 잡고 있었다. 요한은 기쁠 때나 힘들 때나 한결같이 속 깊은 이성 친구였다. 이런 남자를 두 번 다시 만나기는 힘들 것 같다고 확신할 수 있었다.

이렇게라도 계속 만나다 보면 언젠가는 요한에게 잔잔한 애정을 느낄 수도 있을 것이었다. 손 뻗으면 닿는 가까운 곳에 있으니 귀한 줄 모르는 것이라고 자신을 다독거릴 뿐이었다.

♪

요한이 여름 휴가를 뉴욕과 보스턴에서 보낼 것이라고 이메일을 보내왔을 때부터 마리는 어렴풋이 눈치 채고 있었다. 보스턴 대학 엠비에이 코스를 알아보기 위해서라는 구실은 분명히 거짓말이라는 것을. 마리는 여자의 육감으로, 요한이 자신을 보러 오는 거라고 믿었다. 늘 자신은 다른 여자들보다 훨씬 더 민감하다고 자신했으니까.

마리는 거실과 방이 따로 있었으면 좋을 텐데, 생각했다. 요한에게 보스턴에 들르라고 한 뒤부터 줄곧 그런 생각이 들었다. 요한이 편안하게 느낄 수 있었으면 했기 때문이다.

하지만 단기 어학연수차 온 마당에 원룸 스튜디오도 감지덕지할 공간이었다. 조금 더 넓은 곳을 룸메이트와 함께 쓰는 방법도 있었지만 번거로웠다. 랭귀지 코스에는 한국인도 별로 없었고 그나마 한참 어린 학부생들이었다.

마리는 연수를 온 지 석 달이 지난 시점부터 조금씩 자신의 결정을 후회했다. 영어 실력은 별로 늘 기미가 보이지 않았고 그것이 자신의 미래를 구체적으로 어떻게 개선시켜줄 수 있을지 확신이 들지 않았다. 친구들이 없어 외롭기도 했고 난생 처음 겪는 객지 생활이라 먹는 것도 부실했다.

외로워서, 사람의 온기가 너무 그리워서 요한을 부르긴 했지만 선부른 행동은 아니었을까 의심했다.

요한이 너무 아저씨처럼 변해 있으면 어쩌지. 혹시 공통의 화제를 못 찾아서 분위기가 썰렁해지면 어쩌지. 혹시 요한이 뭔가 기대를 하고 오는 건 아닐까. 어떻게 첫마디를 뗄까. 생각지도 않은 고민들이 우수수 쏟아졌다.


"김마리! 너 또 지각이냐?"

늘 그렇듯 마리는 보스턴에서조차 손님보다 늦게 약속 장소에 도착했다. 오랜만이어서 그런지 요한은 가볍게 꿀밤을 먹이는 제스처를 보여주진 않았다. 대신 가슴이 눌리는 느낌이 들 만큼 깊은 포옹으로 마리를 안았다.

그 따뜻한 품에 안기면서 마리는 비로소 자신이 돌아갈 곳을 찾은 듯한 안도감을 아주 오랜만에 느낄 수 있었다. 마리는 그동안의 모든 방황이 오로지 요한이 왜 필요한지 깨닫기 위한 학습 과정이었다는 생각에, 또 오버하면 안 되지 하며 마음을 다졌다. 둘 사이엔 미리 준비해둔 예뻐졌다느니 멋있어졌다느니 하는 덕담도 다 필요 없었다.

"마리 너 이런 데서 산다 이거지. 미국 집은 천장이 높아서 답답하지 않아서 좋네."

마리는 괜히 으쓱해져서 야심차게 부엌 앞에 섰다. 짐을 적당히 푼 요한에게 샤워를 하라고 타월을 던져준 마리는 앞치마를 두르고 봉골레 스파게티와 두부 샐러드를 만들기 시작했다.

요한은 마리가 쓰는 베이비용 라벤더 샴푸의 냄새를 맡으며 천천히 샤워했다. 배수구에 이상한 게 남지 않도록 욕실 청소까지 마치고 나오는 통에 목욕 시간이 생각보다 길어졌다. 마리가 스파게티 면을 너무 삶아 조금 암담해하고 있을 무렵, 요한이 모락모락 뜨거운 증기를 뿜으며 욕실에서 나왔다.

"조금만 기다려. 배고프지? 다 됐어."

새 신부처럼 말은 그렇게 했지만 마리는 불어터진 스파게티 면을 슬그머니 싱크대 안에 버리고 있었다.

그리고 순식간에 그 일이 일어났다. 누가 먼저랄 것도 없이 아울렛에서 구입한 싱글 침대로 두 사람이 쓰러졌다. 비쩍 마른 여자애 하나가 누우면 꽉 차버릴 만큼 좁은 침대에서 어느덧 두 사람은 알몸이 되어 있었다.

'그럼 그렇지. 젊은 남자와 여자가 한방에 있으면' 하고 대수롭지 않게 말하겠지만 두 사람에겐 그렇지 않았다. 칠 년 동안 만나면서 한 번도 이런 일은 없었으니까.

하지만 요한과 마리가 한 몸이 되었을 때 두 사람의 머릿속에서 동시에 빨간불이 켜지고 말았다. 필사적으로 몸을 밀착한 두 사람이 양손을 깍지 낀 채 서로를 포옹하고 있었지만, 서로의 체온을 깊숙이 받아들이고 있었지만 그 빨간불은 뇌리에서 사라지지 않았다.

빨간불이 거슬리긴 해도 요한이든 마리든 둔부에 리듬을 실어주기만 하면 불씨를 피워 올릴 수 있었다. 지금처럼 뜨거운 몸과 애틋한 마음이라면 흥분과 쾌락으로 뻗어나갈 수도 있었을 것이다. 하지만 두 사람은 서로의 얼굴을 멀뚱히 쳐다보며 약속이라도 한 듯 일제히 동작을 멈췄다.

"역시 안 되겠지?"

몸을 밀착한 상태에서 요한이 먼저 말했다.

"그치. 마리야, 너도 못 하겠지?"

"응, 그래."

자석처럼 밀착되어 있던 이 분이 마치 두 시간처럼 느껴졌다. 마리는 자신의 팔을 요한의 머리에 둘러 다시 한 번 꼬옥 껴안았다. 마리는 자신의 왼쪽 어깨 위에 머리를 올려놓은 요한이의 부드러운 귓불을 만지작거렸다. 성인 남자치곤 참 작고 얌전하게 생긴 귀였다.

벗은 그의 몸무게가 고스란히 마리의 몸에 전해오고 있었다. 마리의 유두에 송송 나있는 잔털이 요한 몸의 습기를 머금고 있었다. 살짝 한기를 느꼈지만 마리는 요한의 귓불에 살포시 입을 맞춘 후 볼과 볼을 비벼댔다.


"나도, 이렇게 너를 잃고 싶지는 않다."

따로 떨어져 앉고 나서야 요한은 자신이 마리를 깊이, 풍족하게 채워줄 수 없는 존재라는 것을 다시 한 번 깨달았다.

갑자기 마리의 원룸이 낯선 황야처럼 느껴졌다. 끝이 안 보일 것처럼 넓고 낯선 대지에서 미아가 된 것 같은 느낌이었다.

"배고프지?"

"응. 너두?"

그제야 마리는 아까 스파게티 면을 버린 게 생각났다. 요한은 요한대로 내일 몇 시 버스로 뉴욕에 돌아갈지 고민하고 있었다. 그렇게 두 사람은 각자의 생각에 빠져들었다. 두 사람이 함께 머물 시간은 이렇게 어색하게 흘러갈 터였다.

마리는 오늘 이후 요한과 어떤 관계로 지내게 될지 좀 아득했다. 하지만 예의 그 자연스럽고 편안한 사이로 만들면 될 것이었다. 요한은 그것을 받아들일 만한 좋은 남자친구였다.

"요한아. 나, 뭐 하나만 물어봐도 돼? 왜 그동안 나한테 한 번도 사귀자고 안 했어? 내가 그렇게 매력 없었어? 나를 여자로 생각해본 적은 있었어?"

마리는 요한의 눈을 쳐다보며 말했다. 마리의 눈은 초롱초롱해져 있었고 얼굴엔 미소가 번져 있었다. 그 미소에 요한도 구원을 받은 것처럼 안심했다.

마리는 변한 게 정말 하나도 없다고 요한은 생각했다. 이런 상황에서도 끝까지 사랑받고 싶어 하는 나의 귀여운 어리광쟁이, 마리.

"너 바보 아니니? 안 그러면 지금 내가 왜 이러고 있겠니?"

요한은 다시 마리를 품안으로 꼬옥 끌어당겨 안았다. 음식 냄새를 빼려고 열어두었던 부엌 창문을 통해 서늘한 가을바람이 들어왔다. 두 사람은 발가벗은 채 침대에 누워 한동안 같은 공기를 마셨다. 그만 일어나자고 상대가 먼저 말하기를 기다리면서.

09

# 해후

내게 손을 내밀고 있다는 것을 느꼈다.
아직도 나를 그리워하고 있을 것이었다.
그렇다면, 아니 그렇지 않아도 내 손을 뻗어야 했다

# 혜연

목차를 보기도 전에 잽싸게 페이지를 뒤적여 판권을 봤다. 몇 쇄를 찍었는지 확인하기 위해서였다. 석 달 만에 7쇄. 갑자기 텁텁한 신물이 위벽을 타고 올라왔다.

"선배, 기획회의 아이템 다 정하셨어요? 여름휴가 껴서 이번 달 마감 좀 빠르네요."

옆자리 후배 기자가 커피를 뽑아다주면서 괜히 쓸데없는 관심을 보였다.

"아니, 아직."

얼굴도 안 본 채 대꾸하면서 표지 속의 여자를 응시했다. 빳빳하게 다린 흰 셔츠의 깃을 세운 채 자신감 넘치는 포즈로 미소 짓는 그 여자는 분명 이정은이었다. 정은이가 언제 또 대학원엘 다녔지?

"혜연 선배! 그 책 요새 나름 쏠쏠하게 팔리는 것 같던데요. 저자가 혹시 선배 아시는 분?"

"응, 그냥."

어디 알다 뿐이겠니. 잊을 만하면 꿈에 나타나고, 지울 만하면 생각나는 내 친구 정은이란다. 생각날 때마다 이정은이란 이름 석 자를 검색창에 쳐 넣어봤지만 정은은 쉽게 나타나지 않았다. 대한민국에서 그 이름은 너무나 흔하고 흔했다.


정은이를 처음 만난 지 벌써 십 년이 다 돼가는데 모든 게 엊그제 일처럼 생생하다. 소녀라고 하기엔 너무 커버렸고, 여자라고 하기엔 아직은 낯간지러운, 어딘가 붕 떠 있는 그런 시절의 일이었다.

우리 두 사람은 몇 달 사이로 중견 출판사에 입사했다. 인문서 시리즈로 꽤 유명한 곳이었다. 나는 국문과를 나와 취업 시기를 놓친 후 대학원에 진학했다가 졸업을 한 학기 남겨두고 엉겁결에 취직한 케이스였다. 아무런 기대 없이 지원한 출판사에 자기소개서 하나 잘 썼다는 이유로 덜컥 합격한 것이다.

몸이 천성적으로 허약해서 학부 시절엔 휴학을 두 번이나 했던 터라 나이는 어중간하게 많은 상태였다. 대학원을 한 학기만 남겨놓아 아깝긴 했지만 이름만 걸어놓고 휴강을 밥 먹듯 하는 교수들에게 신물이 난 상태였고, 더 이상 학생 신분으로 사는 것도 지겨웠다. 이 출판사 아니면 나를 받아줄 곳이 없을 것 같다는 두려움도 있어서 출근하기로 했다.

출판사 편집팀은 대부분 여성으로 구성되어 있다. 이런 집단에선 대개 모든 서열을 나이 순으로 정해 언니 동생을 따지는데, 난 깔끔하게 정리된 그들의 족보를 흐트러뜨리는 이질적인 존재였다. 하지만 얘네들과 친구 먹으러 온 것도 아니니 신경 쓸 일이 아니었다.

난 더 이상 학교로 돌아갈 수 없으니 그저 구석에 조용히 찌그러져 있기로 했다. 자진해서 몸을 낮춘 채 주어진 일을 열심히 할 작정이었다. 책 편집은 평소 하고 싶었던 일이었으니 사회생활의 첫 단추를 잘 끼운 거다, 이렇게 나 스스로 위로했다.

여자들이 많으면 무리 지어 다니기 마련인데 나는 혼자 노는 것에 익숙했다. 점심 식사도 혼자 할 때가 많았는데 나처럼 조금은 겉돌던 마케팅 팀의 펑퍼짐한 노처녀 정화 언니와 종종 함께했다. 이따금 경리를 보는 비쩍 마른 재영 언니가 합류하기도 했다. 그래 봤자 우리 세 명에게 관심을 기울이는 사람은 아무도 없었다. 그 누구에게도 우리 셋은 위협이 될 만한 존재가 아니었다.

정은이 입사한 건 내가 입사하고 두 달 후쯤이었던 것 같다. 그녀의 등장은 여직원들을 술렁이게 만들었다. 그녀는 첫 출근 날부터 뭐랄까 사람들을 불편하게 건드리는 구석이 있었다. 처음엔 순전히 인상 때문이었을 것이다. 전통적인 미인상은 아니었다. 정은은 눈초리가 올라가 있었고 입은 지나치게 컸다. 얼굴의 좌우가 불균형해서 그랬을까. 언밸런스한 인상이 어딘가 모르게 사람들의 이목을 확 집중시켰다.

하지만 당사자인 정은은 자신의 그런 외모에 무심했다. 아니 외모를 학대하는 듯했다. 적어도 내 눈에는 그렇게 보였다. 눈가의 흰 살이 삐져나오도록 제멋대로 그린 아이라인 하며, 눈두덩에 천박하게 둥둥 떠다니던 파란색 아이섀도가 보기 싫었다. 또래 여자치곤 옷에 대해 관심이 없었다. 심하다 싶을 정도로 아무거나 입었는데 이상하게 뭘 입어도 대충 멋있었다.

정은은 종종 일을 하다 이층 베란다로 나가곤 했다. 그곳에서 그녀는 말보로 레드를 청바지 뒷주머니에서 꺼내 물고는 무심한 표정으로 하늘을 바라보곤 했다. 그러고 있는 그녀의, 엉덩이가 탄탄하게 올라붙은 뒤태를 힐끔거리면서 사람들은 '역시 다른 업계에 있다 와서 참 대차네' 라고 수군거렸다.

내가 베란다로 나가 바깥 공기를 쐴 때도 그녀는 동요 하나 없이 묵묵히 뒷모습만 보여줄 뿐이었다. 흡사 사냥꾼의 접근에도 전혀 아랑곳하지 않는 매끈한 표범 같았다.

"흠흠……."

그녀를 향해 내가 헛기침을 했다. 그제야 인기척을 느낀 그녀가 돌아보며 가는 눈을 더 가늘게 뜨며 말을 붙였다.

"많이 덥죠?"

그녀의 입에서 풍겨오는 말보로 레드의 냄새가 달큰했다.

"그러네요."

나는 직사광선이 눈을 시리게 해서 급한 대로 손을 이마에 가져갔다.

"담배 필요하세요?"

담뱃갑을 내밀며 그녀가 물었다. '아뇨, 괜찮아요' 할까 하다가 한 개비 받아 불을 붙였다. 지독한 맛이었다.

'아니, 다른 게 아니구요. 여기서 담배 피우시면 은근히 말이 많아져서요. 그러니까 웬만하면……'이라는, 미리 준비한 말은 담배 연기와 함께 저 멀리 허공 속으로 사라져갔다.

그때 나는 담배나 얻어 피우러 나간 것은 아니었다. 나와 비슷한 동류를 만나 의도적으로 다가갔을 것이다. 아마 기뻤던 것 같다. 나 같은 또 다른 '은따'가 생긴 것이. 나와 너무도 다르지만, 너무나 매력적인 은따.

"이정은 씨는 뭐랄까 참 사람을 내치는 벽이 있어."

회사 사람들은 그녀를 이렇게 평했다. 하지만 이질적인 것을 못 받아들이는 꽉 막힌 인간들의 뒷공론일 뿐이다. 나는 정은에게서 뭐라고 단정할 수 없는, 굳이 단정하고 싶지 않은 특별한 느낌을 받았다. 그것은 아주 오랜만에 같은 여자한테 느껴보는 감정이었다.

정은과 나는 금세 점심을 같이 먹게 됐다. 이층 베란다에서 담배를 같이 피우고, 퇴근 후에도 같이 시간을 보내는 사이가 되었다. 그녀는 카페에서 커피를 마시거나 팔짱을 끼고 쇼핑 다니는 것을 그다지 좋아하지 않았다. 먹는 것에도 별다른 관심이 없었다. 그냥 고픈 배를 채우면 그만이었다.

정은이 가장 좋아했던 공간은 회사에서 십 분 거리에 있던 우리 집, 그리고 내 방이었다.

"부모님은 안 계셔?"

처음 우리 집에 왔던 날 그녀가 물었다.

"응. 걸핏하면 두 분이서 놀러 다니셔. 만날 나 혼자 집 지키는 신세야."

"아, 부모님 좀 궁금했는데. 못 봬서 아쉽다."

정은은 비닐꽃이 범벅이 된 그 옛날의 촌스러운 수영 모자를 쓰고 찍은 처녀 적 엄마의 수영복 사진을 사랑스레 쳐다보고 있었다.

"별거 없어. 평범한 노인네들이신데 뭘."

"그런데 어디 가셨어?"

정은은 우리 집에 올 때마다 그렇게 물으면서 집 구석구석을 탐험했다. 거실 장에 진열된 아빠의 골프 상패나 성경 구절이 새겨진

목판, 엄마가 해외여행 때 사온 숟가락 콜렉션을 신기한듯 구경했다. 올망졸망하고 잡다한 인테리어와 특별할 거 하나 없는 우리 집 분위기를 정말 좋아했다.

정은이 우리 집에 와서 하는 일은 별 게 없었다. 그저 방바닥에 누워 빈둥거리면서 마음에 들지 않는 회사 직원, 잘 팔리는 신간, 작가들의 엽기적인 행태, 인간성과는 반비례하는 작가의 글솜씨, 앞으로 꼭 직접 써보고 싶은 글에 대해 밤늦도록 이야기를 나누었다.

정은은 우리 부모님이 안 계신 날엔 당연한 듯이 자고 갔다. 첫날부터 그랬다. 싱글 침대는 으레 정은의 차지였고 난 방바닥에 이불을 깔고 잤다. 정은은 나의 사랑스러운 손님이었으니까.

"넌 좀 더 자. 나 먼저 갈게."

마치 여자와의 하룻밤 잠자리를 후회하며 후다닥 줄행랑치는 남자처럼, 정은은 아침 식사를 거르고 먼저 출근했다. 아침도 못 먹고 가는 게 안타까웠지만 나는 그녀를 말릴 힘이 없었다. 아침에 잘 못 일어나는 저혈압 체질이었다.

서둘러 집을 나서는 그녀는 자신의 흔적을 그대로 남겨놓곤 했다. 그녀가 덮은 이불에서는 말보로의 독하지만 구수한 냄새가 났다. 침대 밑에는 못 보던 브래지어가 둘둘 말려 있을 때도 있었다. 정은은 꼭 브래지어를 벗고 잤는데, 나중에는 우리 집에 들어오자마자 그것부터 슬그머니 벗었다. 난 그때까지도 브래지어는 스물네 시간 꼭 착용해야만 하는 건 줄 알았다.

정은의 브래지어 레이스는 많이 낡고 헐어 있었다. 나는 실밥이 터진 부분을 만지작거리면서 조금 슬펐던 것 같다. 때론 슬쩍 브래지어를 코에 대보기도 했는데 젖내와 땀내가 섞인 시큼한 냄새가 났다. 나는 눈을 감고 한 번 더 그 냄새를 깊게 들이키곤 했다.

나는 정은이 회사의 '아마조네스' 집단에 융화되지 않는 게 좋았다. 보기와 달리 낯을 가리는 뻣뻣한 성격 때문에 그녀는 자신이 속해 있는 '문학 팀'에서도 친하게 지내는 여자가 없었다. 그쪽 여자들이 벌이는 기괴하고도 치졸한 사내 정치를 내게 귀띔해주며 마음껏 비웃곤 했다.

"정말 이정은 씨랑 친해요? 왜?"

회사 사람들은 가끔 내게 물었다.

"뭐가 왜죠?"

내가 되물으면 그들은 대답하지 못했다. 하지만 나는 그들이 우물쭈물하는 이유를 모르지 않는다. 가만히 있어도 눈에 확 튀는 정은이 같은 여자와 나처럼 심심하고 평범한, 존재감 없는 여자가 함께 다니면 사람들은 괜히 불편해한다. 하지만 우리 두 사람은 생김새나 분위기는 사뭇 달라도 저 깊은 곳에서는 동류였다. 외톨이는 다른 외톨이를 귀신처럼 냄새로 알아볼 수 있는 것이다.

정은은 여자와의 관계에서는 확고하고 대쪽 같았지만 남자에게는 유달리 약했다. 정은은 사귀는 남자에 대한 솔직한 감정을 모두 내게 털어놓았지만 소개시켜주지는 않았다. 남자친구를 소개시키고 싶어 안달하는 보통의 여자와는 달랐다.

"난 너랑 있을 때는 너랑만 노는 게 좋거든. 셋이서 같이 만나면 신경 쓰이기도 하고."

나 역시 정은의 남자친구를 상상만 해볼 뿐 굳이 만나고 싶지 않았다. 그녀가 나랑 둘이 있을 때는 오롯이 나에게 집중해주길 바라니까.

하지만 주말 저녁에 정은이 다 죽어가는 목소리로 날 찾을 땐 내가 그리워서가 아니었다. 대부분 남자친구랑 문제가 생겨서였다.

"나 여기 밀크바에 있는데 지금 빨리 와줘."

내가 운전면허를 딴 이후 그녀는 종종 나를 다급하게 찾았다. 그날도 나는 뽑은 지 얼마 되지 않은 소형차를 끌고 벌벌 떨며 그 술집으로 향했다. 약국에 들러 술 깨는 약과 피로회복제를 사들고 찾아간 그녀는 이미 만취 상태였다.

"무슨 일이야, 또 왜 그래?"

"어, 아니. 그냥 그 남자랑 끝냈어."

"누구, 지훈 씨?"

지난달부터 만나기 시작한 대학병원 인턴이었다.

"자세한 건 묻지마. 괴로우니까. 나 집에 좀 데려다 줄래?"

자연히 술값은 내가 계산해야 했다. 시켜놓은 안주는 거의 손도 대지 않아서 아까웠지만 어쩔 수 없었다.

정은이 익숙한 솜씨로 내 차의 조수석 의자를 뒤로 확 젖히고 누웠다. 참치 뱃살같이 뽀얗게 기름진 동그랗고 하얀 배를 만지작거리면서 정은은 남자라는 족속들을 저주했다.

"혜연아, 너…… 넌 대체 왜 여자로 태어났니. 남자로 태어나주지. 너 같은 남자친구 있으면 얼마나 좋을까."

그녀는 깊은 한숨을 내쉰 후 창문을 열고는 담배를 하나 꺼내 물었다. 조금 뜸을 들여 내가 정은에게 물었다.

"왜, 또. 이번에는 무슨 일인데 그래?"

"별거 아냐. 내가 또 사람 잘못 본 거겠지."

정은은 고양이처럼 가죽 시트에 파르르 몸을 둥글게 말았다. 그 모습이 안쓰러워 내가 말했다.

"걔는 네 타입이 아냐. 너한테 맞지 않았다구."

"나한테 맞는 게 뭔지 네가 어떻게 알아?"

"원래 의사들은 우리 같은 여자애들하고 맞을 수가 없어. 걔네들이 얼마나……"

"우. 리. 같. 은. 여자애들? 그게 뭔데?"

정은이 기다렸다는 듯이 핏기 어린 눈을 부라리며 쏘아붙였다. 낮게 틀어놨던 에프엠 라디오를 꺼버리고 내가 담담하게 말했다.

"남자가 의사여야 할 필요가 없는, 그러니까 제 앞가림 하는 여자애란 뜻이야."

"그렇게 쉽게 말하지 마. 그리고 지훈 씨는 나한테 섭섭하게 한건 많지만 나쁜 사람은 아니야."

정은은 내 말을 매섭게 가로막았다. 연애다운 연애 한번 제대로 안 해본 네가 뭘 알겠냐는 듯이. 그녀에게 한마디 더 한 것이 바로 후회가 됐다. 그녀는 내가 무슨 말을 해도 스스로 결론을 내리고 있었다. 그저 그때그때 하고 싶은 말을 내가 들어주기만 바랄 뿐이다. 그래서 핵심을 건드리면 굉장히 불쾌해했던 것이다.

"너는 모르겠지만 여. 러. 가. 지. 일이 있었어. 그리고 너처럼 그렇게 쉽게 단칼에 정리 같은 거 못해."

"있잖아, 정은아. 너는 굉장히 멋지고 괜찮은 여자거든. 그러니까 애먼 놈한테 시간 낭비하지 않아도 돼. 내 말은 그러니까, 너가 어디가 모자라서 그런 남자에게 매달리냔 말이야. 그리고……."

"그리고 뭐……?"

"넌 뭐랄까…… 결혼하고 싶어 안달 난 애 같아. 왜 너를 그렇게 막 내던지는데?"

차마 남자들에게 왜 비굴하게 애정을 구걸하느냐고 말하지는 못했다. 정은은 담배를 재떨이에 비벼 끄고 창밖을 응시했다. 그녀가 갑자기 너무 조용해져 두려웠다.

"내가 얘기했잖아. 네가 아까워서 그렇다고. 주변을 봐봐. 내세울 것 없는 평범한 애들이나 조건 따져가면서 시집가는 거야."

"평범한 애들?"

"그래, 못생기고 매력 없는 애들 말이야. 독립할 능력도 없는 애들. 시집이나 갈 수 있을까, 싶은 애들이나 한 놈 걸려들었다 싶으면 필사적으로 붙잡는 거야. 일생이 걸린 문제니까. 하지만…… 우리는…… 아니 너는 안 그래도 되잖아. 너처럼 매력적인 애는."

"그럼……. 나 같은 애는 의사 좋아하면 안 된다는 거니?"

난 그저 정은의 연애가 매번 이런 식으로 끝나는 게 속상했을 뿐이었는데 그녀는 엉뚱한 방향으로 상황을 해석했다.

언쟁을 벌이다 보니 언제 어떻게 그녀의 아파트까지 왔는지 하나도 기억나지 않았다. 집 앞까지 데려다 주겠다는데도 정은은 한사코 아파트 단지 입구에서 내려 걸어갔다. 그러고 보니 그녀의 집엔 한 번도 가본 적이 없었다.

나는 여태 정은의 무엇을 보고 있었던 것일까. 무엇을 알고 있었던 것일까. 그런 상념에 빠져 있는데 매미가 귀를 찌르듯 울어댔다. 습한 여름밤에 나는 그렇게 허무해져 있었다.

그날 밤 이후 정은과의 관계는 눈에 띄게 소원해져 있었다. 나 혼자 전전긍긍하고 있을 무렵 우리 출판사에 놀랄 만한 일이 생겼다. 개인적으로 내게는 '사건'이었다. 전작을 읽은 유일한 작가이자 팬

메일을 보낸 유일한 작가 C가 우리 출판사와 다음 신간을 계약한 것이다. 직원들은 사장이 무슨 꼼수로 그 작가를 끌어왔을까 추측하느라 분주했지만 나는 희망에 부풀었다. 그의 책을 맡을지도 모른다는 희망 말이다.

내가 작가 C를 흠모한다는 사실을 익히 알던 같은 팀의 청일점 남자 선배가 침을 놓았다.

"관둬라, 너. 여자 밝히는 걸로 유명한 거 몰라?"

그러나 그런 건 상관없었다. 사생활에서 그가 얼마나 인간 이하의 짓을 하는지는 내게 중요하지 않았다. 그러나 직원이 모두 모이는 전체 회의에서 사장은 정은이를 작가 C의 담당 편집자로 지목했다. 정은은 꽤 능숙하게 놀란 척을 했다. 내 꿈은 그렇게 물거품이 되었다.

그날부터 정은은 작가 C의 집필실이 있는 태안을 오가느라 분주해 보였다. 가끔 문자로 안부를 주고받았지만 각자 진행하는 책 이야기에서 그쳤다. 어쩌면 우리는 어색한 관계가 자연스레 풀릴 때까지 시간이 적당히 흐르기를 바랐던 건지도 모른다.

멀찌감치 바라본 정은의 외모에 서서히 변화가 생기기 시작한 것은 시월이 넘어서 가을이 찾아올 즈음이었다. 뻣뻣하던 곱슬머리는 기적적으로 펴서 부드러운 생머리를 만들어 펌을 입혔다. 제멋대로 그려대던 진한 아이라인은 더 이상 볼 수 없었다. 옷도 조신하게 무룻길이 치마나 니트류를 입기 시작했다. 그 변화는 하루하루 조금씩, 결코 티 나지 않게 아주 작은 디테일에서 시작했다. 작가 C가 소설 속에서 끊임없이 이상적으로 그려온 여자들의 모습 그대로였다.

정은을 마지막으로 본 것은 압구정동의 대형 교회 앞에서였다. 그때는 정은과 나 모두 출판사를 나온 뒤였다. 정은은 비슷한 스타일의 원피스와 카디건, 낮은 굽의 발레 슈즈를 신은 여자친구 두 명과 팔짱을 끼고 종종걸음으로 걸어가고 있었다. 그 교회는 장성한 자식들을 짝짓기시키려고 일부러 보낸다는, 부자들만 다니는 교회였다.

정은의 그런 모습을 보며 나는 오랜만에 배신감 같은 것을 느꼈다. 내가 아는 그녀는 독실한 기독교 신자가 될 인물은 아니었다. 연두색 니트 카디건, 성경책, 찬송가와 어울릴 수 없었다. 그러나 주류 콤플렉스에 시달렸던 정은은 이런 식으로밖에 자신을 구제할 수가 없었다. 그녀답지 못한 일이었다.


# 정은


카페에서 아이스커피를 마시면서 패션 잡지에 실린 기사를 읽고 있었다. 그 기사가 실린 지면의 사진에는 내가 쓴 책이 가장 뚜렷하게 눈에 들어왔다. 기사의 제목은 〈자기계발서에서 해답을 찾으시나요?〉였다. 패션지에서는 드물게 '까는' 기사여서 기자 이름을 봤다. 정혜연이었다.

내 친구, 나를 그렇게도 사랑했던 혜연이 맞나 싶어 기사를 꼼꼼하게 읽었다. 지독할 정도로 짧은 단문, 말랑말랑한 도입부만 봐도 혜연의 글이었다. 그런데 왜 이런 기사를, 왜 내 책을 비판하는 기사를 썼을까. 그 이유를 곰곰 생각하고 있자니 그날, 압구정동 교회 근처에서 모르는 척 슬쩍 지나치던 혜연의 모습이 떠올랐다.

혜연은 모를 것이다. 아니 몰랐다. 내가 어떤 사람인지를, 어떤 여자인지를, 그녀를 만나기 전까지 얼마나 외톨이였는지를. 그래서 그녀에게 얼마나 진심으로 기대고 좋아했는지를.

초등학교 때부터 나는 키가 크고 가슴이 크다고 반 아이들로부터 놀림을 받았다. 일부러 티 내지 않으려고 브래지어도 최대한 늦게 했는데 오히려 그것 때문에 더 놀림거리가 되었다. 우리 집이 가난해서, 아빠가 없어서 놀림을 받았다고는 지금도 생각하고 싶지 않다.

다행히 중학교에 갔을 때는 모두가 브래지어를 찼다. 도시락도 내 손으로 쌀 수 있게 되었다. 콩자반과 깻잎, 김치로 채워진 반찬통 대신 내가 먹고 싶은, 친구들 앞에 내놓기 떳떳한 반찬으로 채워진 반찬통을 들고 가려고 매일 아침 일찍 일어났다. 반찬을 만들다 실수로 그릇을 떨어뜨려도 엄마는 등을 돌린 채 미동도 하지 않았다. 피곤에 절어 아침 일찍 일어나지 못하는 엄마였다.

시장 동네 어른들은 나를 두고 많은 말을 쏟아냈다. 아주머니들은 아빠 없이 혼자 커서 그런지 너무 조숙하다며 불안한 눈빛으로 나를 바라보았다. 아저씨들은 이런 동네에서 미스코리아감 났다며 내 늘씬한 다리와 풍만한 가슴을 곁눈질로 훔쳐보곤 했다. 그러면서 "넌 다행히 너희 엄마랑 안 닮았다"고 칭찬인지 위로인지 모를 흰소리를 해댔다.

엄마는 고릿적에 이화여대 가정학과를 나온 여자였다. 하지만 밋밋한 외모 탓인지 네 평 남짓한 수선집 탓인지 아무도 그 사실을 믿어주지 않았다.

"난 요리보다 바느질이 더 성미에 맞아. 이건 돈도 되고 말이지."

그녀가 그 나이 되도록 유일하게 할 줄 아는 거라고는 학교 다닐 때 전공과목으로 배운 재봉일뿐이었다. 그런데 엄마는 사람들이 맡겨놓고 찾아가지 않은 옷들을 고쳐서 내 옷으로 만들어주곤 했다. 나는 행여나 그 옷의 주인이 "그거, 혹시 내 옷?"이라며 멱살이라도 잡지 않을까 조마조마했다.

고등학생이 되자 엄마는 아침에 등교하려는 나를 매섭게 노려보며 말하곤 했다.

"여자는 말이다…… 조금이라도 틈을 줘선 안 돼. 틈을 주면 들이대도 되는 거라고 생각하니까, 알았냐?"

먹고사는 문제 때문에 여자이기를 포기한 엄마는 딸 역시도 여자이기를 포기하길 바라셨다.

그렇게 자라서였을까. 혜연의 집에 처음 갔을 때 나는 적잖이 놀랐다. 그게 그리 놀랄 일은 아니었다. 텔레비전 일일연속극에 나올 법한 가정집이 실제로 존재한다는 것을 눈으로 확인한 것뿐이니까.

하지만 대충 방치된 앞마당. 촌스럽고 잡다하지만 정겨운 인테리어. 가부장적인 아빠가 자신의 권위와 존재감을 드러내기 위해 마련한 여러 기념패와 상징들. 그리고 십자가…… 나는 혜연의 집이 신기하고 부러웠다.

못 피우는 담배를 옆에서 같이 뻐끔뻐끔 피워줄 때부터 난 혜연이가 좋았다. 무슨 얘기만 하면 초롱초롱 빛나는 눈으로 내 얘기에 귀 기울이던 그 아이가 사랑스러웠다. 혜연은 냉장고에서 수시로 반찬을 꺼내 싸주었고 아기자기한 속옷을 이따금 선물하기도 했다.

"네 취향이 아닐 수도 있지만 지나다 우연히 봤는데 괜찮길래."

그녀는 브래지어와 팬티 세트를 내 몸에 대보면서 조금 부끄러워하기도 했다.

우리 사이에 모든 것은 완벽했는데 문제는 남자였다. 남자 얘기를 하면 혜연이는 필요 이상으로 예민해져서 나를 피곤하게 만들었다. 혜연이는 내가 남자랑 잘 안될 때마다 실속 없는 조언을 해댔다. 연애는 이기고 지는 게임이라는 둥, 그 게임을 제대로 못해서 차이는 거라는 둥. 어떤 때는 너무 헤프게 구는 건 아니냐고도 했다.

"너무 기댄 하지 말고 맛있는 밥이나 얻어먹고 와. 듣자하니 집이 좀 사는 것 같더라."

나를 위한답시고 자기한테 들어온 소개팅 자리를 대신 나가게 해놓고는 이렇게 말했다.

"내가 적당히 시간 맞춰 전화할 테니까 맘에 안 들면 회사에서 걸려온 전화인 척하고 대충 빠져나오란 말이야."

그런데 사랑이 어디 사람 마음대로 되는가. 나는 대타로 나간 소개팅 자리에서 만난 지훈과 웃고 떠드느라 혜연의 전화 소리를 듣지 못했다. 지훈과 일이 잘되자 한턱 단단히 쏘라며 기뻐했던 것은 혜연이었다. 그래 놓고는 지훈과 나 사이의 사사로운 일을 공유하려 들었다. 그럴 때마다 혜연이 거추장스러웠다.

그것도 모르고 혜연은 어디서 주워들었을 법한 남녀 간의 '게임 이론'을 내게 주입시키려고 했다. 물론 내가 지는 게임을 하는 게 안타까워서 하는 말이었을 것이다.

하지만 혜연이 모르는 것이 있었다. 혜연은 내가 남자한테 물러 터져서, 쉽게 굴어서 그렇게 되었다고 진단했지만 사실은 그렇지 않았다. 혜연이 말하듯 밀고 당기는 게임을 하기엔 내 힘이 부족했다. 내가 마음에 들어 하는, 게임의 당사자인 남자들과 나는 동일 선상에 있지 않았다.

사실 잘난 남자들을 유혹하는 것은 쉽다. 평소에 만나는 여자들과 좀 달랐는지 그들은 내가 던진 미끼를 금세 물었다. 그리곤 내 안으로 들어오지 못해 안달했다. 내가 주지 않으면 주지 않을수록 남자들은 나를 가지고 싶어 했다.

어떻게 보면 무엇 하나 가진 게 없는 내게 섹스는 유일한 무기라면 무기였다. 하지만 결과는 매한가지였다. 무기를 써도, 무기를 내려놔도 그들은 결국 내게서 멀어져갔다. 그들은, 아니 그들의 부모들은 내 힘으로는 어떻게 할 수 없는 내 배경과 집안을 따지려 들었다.

그런 점에서 정작 연애를 모르는 건 혜연이었다. 혜연은 내가 갖고 있지 못한 그것을 자신이 갖고 있다는 것도 몰랐다. 혜연네 같은 집에서 태어난 애는 가만히 있어도, 반대로 쉽게 몸을 굴려도 언젠가는 중산층의 평범한 남자와 가정을 꾸려나갈 수 있다.

그런 유리한 입장에 있으면서도 혜연은 그 어떤 사람도 제대로 사랑하지 않았고, 그 어떤 사람에게서도 제대로 상처받지 않으려 했다. 한쪽 발만 담근 채 틈만 나면 상대의 단점을 찾았다. 그 모습이 내겐 비열해 보였고 오만해 보였다.

다시 말하지만 혜연과 나 사이에는 늘 남자가 문제였다. 그때 내가 작가 C의 담당만 되지 않았어도 혜연과의 사이가 이렇게까지 되지는 않았을 것이다.

"우리 회사에서 이정은이가 제일 터프하고 성깔도 있으니 충분히 감당할 수 있을 거야."

사장은 공개석상에서 칭찬 같지 않은 칭찬을 늘어놓으며 거물 작가 C의 담당자로 나를 못 박았다. 속사정을 아는 사람이라면 나는 작가에게 받쳐진 제물이었다.

"사장님, 저 차도 없고 운전도 못하는데 어떻게 태안까지……."

"그럼, 대중교통 이용하면 되잖아. 출장비는 두둑하게 줄게."

그 와중에 나는 혜연의 불편한 시선을 느꼈다. 작가 C는 혜연이가 유일하게 사랑했던 남자였을지도 모르는 인물이었다. 혜연은 "마초라고 욕 먹어도 그만큼 글 잘 쓰고 섹시하면 됐지, 뭘 더 바래" 하며 그를 좋아했다.


작가 C가 소문대로 내게 육체적 관계를 제안하기까지는 그리 오랜 시간이 걸리지 않았다. 보아하니 이런 제안은 그에게 자연스러웠던 것 같다. 놀라운 것은 자신의 그런 행태가 알려져도 아랑곳하지 않는다는 거였다. 오히려 드러나는 것에 쾌감을 느끼는 것 같았다. 내가 단숨에 거절하자 그가 미간을 찌푸리며 물었다.

"왜, 자네는 내가 싫은가?"

"아뇨, 선생님. 싫지 않습니다. 존경합니다."

"그럼, 왜?"

"선생님, 저 사실, 섹스 하는 거 무척 좋아합니다."

"와하하하."

재미있다는 것인지, 당돌하다는 것인지 모를 웃음을 터트리고는 그가 물었다.

"그런데 왜?"

"이렇게 힘의 논리에 밀려 하고 싶진 않습니다. 솔직히 선생님한테는 동하지도 않고요."

마지막 말에 그는 눈썹을 살짝 움직였다. 하지만 거물은 거물이었다. 이내 그는 책상다리를 하고 앉았더니 담배에 불을 붙이며 나에게도 담배를 주었다. 내가 큰일을 해냈다는 듯이 한 모금 깊게 연기를 빨아들이자 그는 습관대로 두 번째 연기를 들이마신 후 담배를 비벼 끄며 말했다.

"그래? 자네가 싫다면 싫은 거지."

"네, 감사합니다."

감사합니다?

"자, 이거."

작가는 내게 방석 밑에서 봉투를 하나 꺼내 툭 던졌다.

"옷이라도 몇 벌 사 입어. 여자가 옷이 그게 뭔가? 자네 올해 몇이지? 그 나이 치고 너무 어두워. 자네가 뭘 그리 대단한 인생을 살아왔다고? 잘났으면 뭐가 그리 또 잘났어? 여자는 몸가짐을 반듯하게 하고 다녀야 하는 거야."

반듯하게?

그 자리를 빠져나와 서울로 돌아오는 길은 불안하기만 했다. 나 때문에, 아니 이 일 때문에 작가가 계약을 끊자고 하면 어떡하지, 고민이었다. 하지만 그런 일은 일어나지 않았다. 언제 무슨 일이 있었냐는 듯이 그는 나를 만날 때마다 고함을 버럭버럭 질러댔다.

문제는 그다음이었다. 내가 한 달 동안이나 목발을 짚고 다녀야 할 만큼 다리를 크게 다치는 사고가 일어났다. 자연스레 작가 C를 미치도록 좋아하는 혜연이 대타를 맡게 되었다. 내 다리가 다 나은 후에도 혜연은 계속 담당자로 일하는 상황이 되었다. 나로서는 딱히 이견이 없었다.

"고맙다."

어느 날 오랜만에 본 혜연이 내게 말했다.

"아니, 뭘. 원래 네가 맡아야 할 자리였잖아."

"이번 책 끝나고 좀 덜 바빠지면 언제 한번 날 잡아서 밥 먹자."

"그래."

"참, 정은아. 잠깐만."

"응, 왜?"

혜연의 입술 끝이 경련을 일으키는 듯하더니 제자리를 찾았다.

"아냐, 별거 아냐. 나중에 밥 먹으면서 얘기해. 꼭 봐, 응?"

책 출간은 예정보다 늦어졌다. 마무리 작업을 하느라 그랬는지 혜연의 얼굴은 점점 보기 힘들어졌다. 어쩌다 휙 지나칠 때 본 그녀의 얼굴과 몸은 부어 있었다. 다른 사람은 몰라도 나만큼은 그 변화를 알아차릴 수 있었다. 뭔가 불길한 일이 그녀의 몸속에서 일어나고 있다는 느낌이 들었다.

그때 복도에서 혜연을 잡아끌고 탕비실로 갔어야 했는지 모른다. 어깨를 부여잡고 무슨 일이 벌어졌는지 그녀에게서 들었어야 했다. 하지만 나는 한동안 의식적으로 그녀를 피했다. 정말 아차 싶어 손을 뻗으려고 했을 때 이미 혜연은 그 작가의 책을 내고 회사를 그만둔 상태였다.

♪

정혜연 기자가 쓴 기사의 골자는 뻔했다. 〈자기계발서에서 해답을 찾으시나요?〉란 제목이 암시하듯 해답을 찾을 수 없다는 내용이었다. 나는 기사를 읽으면서 혜연이 내게 손을 내밀고 있다는 것을 느꼈다. 혜연은 아직도 나를 그리워하고 있을 것이었다. 그렇다면, 아니 그렇지 않아도 혜연을 향해 내 손을 뻗어야 했다. 나는 그때 혜연이 제 몸을 망가뜨리는데도 구해주지 못했다.

패션지의 판권란을 뒤져 잡지사의 전화번호를 적었다. 그러고는 점원들이 안 보는 틈을 타 내 책에 관한 내용이 실린 페이지를 통째로 북 찢어 핸드백 속에 얼른 집어넣었다. 남은 아이스커피로 목을 축였다.

|

# 사랑스런 그녀들을
# 만나러 가다

어느 날 "소설에 도전해볼까 한다"고 말했다. KBS 2FM 〈유희열의 라디오천국〉 방송에서였다. 디제이 유희열 씨가 새해 계획을 물어봤는데 엉겁결에 그렇게 말하고 말았다. 그 앞에서 조금 멋져 보이고 싶었나 보다. 우발적으로 내뱉은 그 말 때문에 나는 머리를 쥐어뜯고 사실 한동안 꽤 후회도 했었다. 나, 대체, 왜?

그런데 다행히 그녀들이 나를 끌어당겼다. 감정에 솔직한 것이 늘 독이 되는 이 모호한 시대에 매일 아침 일찍 일어나 머리를 질끈 묶고 일상을 시작하는 그녀들을 만나는 것이 즐거웠다. 그녀들은 냉소적이면서 뜨거웠고 소심하면서 음흉했다. 죽도록 지기 싫어하면서도 때로는 더할 나위 없이 무기력했고 그러면서도 여전히 확실한 사랑의 감촉을 열망했다.

그녀들은 사랑 앞에서 드라마틱했다. 그저 행복해지고 싶을 뿐이라고 하면서 감정과 이성 사이에서, 욕망과 체념 사이에서, 타인의 시선과 자신의 진심 사이에서 흔들렸다. 뜨거운 마음이 차가운 머리의 속도를 따라잡지 못해 불안해했고 그것이 드러날까 시니컬하게 자기변호를 했다.

어렵사리 사랑을 시작해놓고는 머지않아 다가올지도 모를 이별을 예감하면서 스스로 알아서 건조해지고 서늘해져갔다. 그렇지만 애써 숨기려 해도 사랑 앞에선 뼛속 깊이 약해지고 낭만적으로 바뀌었다. 이런 그녀들을 어떻게 사랑하지 않을 수 있을까.

그녀들은 물었다. 사랑은 도대체 어디서부터 오는 것일까, 우리들은 지금 어디로 가고 있는 거냐고. 해답을 알면서 묻는 그녀들에게 나는 아무런 대답을 줄 수가 없었다. 나의 우발적인 충동에 대한 답을 찾아내기 위해 내가 스스로 용기를 내 소설을 쓰기로 한 것처럼, 그녀들도 자리를 털고 일어나 스스로 행동을 일으켜야 한다고 말해주고 싶을 뿐이다.

설렘과 열정이 머물다 지나가고 이별이 찾아오기까지 그 묵직한 시간들을 정면으로 마주해야 한다고. 더 혹은 덜 사랑한 자의 무모함, 잔인함, 치사함, 처연함, 비루함 같은 것들을 온몸으로 겪어내야만 한다고.

이 소설은 사랑이라는 거부할 수 없는 삶의 과정을 통해 성장해 나가는 그녀들의 이야기다. 그것은 불완전해서 더 아름다운 나와 그녀들과 당신의 슬픈 자화상이기도 하다. 더불어 우리 사랑스런 남자들도 함께 조금씩 철이 들겠지.

2011년 5월

첫 소설을 사랑하는 딸,

앞으로 우리처럼 사랑할

윤서에게 선물한다